전설의 수문장

권문현 지음

싱긋

지금은 고인이 되신 나의 어머니,
항상 희생과 봉사를 당신의 생활로 가르쳐주시고 떠난 나의 어머니,
그리고 아내와 나의 품에서 나고 자라며 나를 롤모델로 삼았던
사랑하는 나의 아들, 이 책이 나오기를 그토록 기다렸던 나의 아들이
하늘에서나마 할머니와 함께 이 책을 읽기를.

책을 열며

호텔밥 44년,
이제야 몰아서 일기를 적어본다.
후회도 원망도 미련도 없는,
일상에 한없이 충실했던 삶.
문 뒤에서 혹은 앞에서
묵묵히 당신을 기다리던 나의 이야기.

한 가지 일을 오래 한 것이
자랑이 될 수 있을까?
한 직장에서 정년퇴직을 한 것만으로도
참 고마운 인생이다.

더울 땐 덥고
추울 땐 추운 곳에서 일했다.
후회는 없다.
인생은 길게 보면 공평한 것 같다.

공평하지 않으면 또 어떤가.
지금 내가
행복하게 살고 있다면 그만이다.

서류를 전달하러 직접 뛰어가던 시대,
최루탄 가스가 시청 앞을 가득 채우던 시대,
모든 객실에서 담배를 피우던 시대를 지나
아장아장 걷는 아기들이
호캉스를 즐기러 호텔에 오고,
분리수거를 잘 해놓고 퇴실하는 고객들이 늘어나는 시대,
코로나19 바이러스 때문에 전 세계가 고통 받는 시대까지
일을 하고 있다.

나는 호텔에서 인생을 배웠다.
인생이 무엇인지는 아직 잘 모르지만
내가 걸어온 길이 인생이라면,

사람들을 반갑게 맞아주고
따뜻하게 배웅하는 사이
나도 어느덧 칠순을 바라보게 되었다.

그동안 나름대로
품격 있는 서비스를 제공하려고 애썼다.
품격은 신뢰에서 나온다.
경력만큼이나 고객들의 믿음을 쌓아가고,
썩 괜찮은 사람이라는 말도 듣고 싶었다.
그랬다.
그냥 호텔 직원 말고
'참 괜찮은 권문현이라는 사람'으로 기억되고 싶었다.
언제나 당당한 도어맨이 되고 싶었다.

바이러스가 하루빨리 물러가고
호텔 업계도 숨통 트일 날이 어서 오기를 바란다.

2021년
여의도에서 권문현

차 례

Part 2

門, 問, 聞 그리고 Door

Part 2

門, 問, 聞 그리고 Door

Part 3

일을 한다는 것

Part 1

당신과 나의 인연

닮고 싶다는 말

누군가가 아들 이름이 뭐냐고 물었다. 2013년 내가 출연한 〈모닝와이드〉 방송 영상에 '아버지 고생하셨어요'라는 댓글이 있다고 했다. 이름을 들으니 아들이 맞았다.
아들과 나는 2대째 도어맨Doorman으로 일한다는 타이틀을 가질 뻔했다. 언젠가 외국 여행을 마치고 온 아들이 호텔에서 일하고 싶다고 말했다. 놀란 마음에 나는 단칼에 안 된다고 잘랐다. IT 전공이니 그 분야로 취업하라고 했다. 아들 정도의 성실함과 책임감이라면 호텔에서도 얼마든지 인정받을 수 있을 테지만 눈칫밥은 나 하나로 충분하지 않겠냐는 생각이 더 컸나보다. 낮은 곳에서 시중드는 일을 대물림하는 것은 좋지 못하다고 말이다. 그러니 단칼에 안 된다는 말이 튀어나오지 않았겠는가.
얼마 전에 아들이 나의 삶을 닮고 싶다는 말을 했다. 가슴이 먹먹해지면서 내가 잘살아왔구나 하는 생각에 뭉클했다. 만약 아들이 나와 같은 길을 선택했다면 어땠을까? 가끔 혼자 상상해본다. 한 가지 분명한 것은 아마 그랬다면 지금보다 더 인터뷰 요청을 많이 받았을 것이다. 부자 둘 정겹게 마주보는 사진을 찍으면서 말이다.

미안하고 미안하다

그때만 생각하면 우울해지고 눈물이 난다. 1975년, 대구에서 주물 공장에 다녔다. 큰누님이 조카들과 단칸방에서 생활했는데 나는 거기에 얹혀 지냈다. 전기도 들어오지 않는 합천 고향집에서 마늘 농사도 짓고, 양봉도 해봤지만 신통치 않았다. 보릿고개를 겪었다. 그러다가 일자리를 찾아 대구로 나온 길이었다. 눈치가 없었다. 어린 조카들은 새벽에 일어나 신문을 돌린 후 학교에 갔다. 마음이 너무 아팠다. 그런 상황인데도 누님은 나를 위해 맛있는 음식을 열심히 해주고, 좁은 방이지만 나에게 넓은 잠자리를 만들어주셨다.

주물 공장 일은 정말 고됐다. 작업복은 물론이고 얼굴도 항상 탄가루 때문에 새까맸다. 나는 무쇠 조각과 석탄 뭉치를 들것에 실어 2층에 있는 용광로로 옮기는 일을 했다. 손이 부르트고 헐어 피가 자주 났다. 그렇게 힘든 일을 마치고 퇴근하면 누님이 맛있는 진수성찬을 차려주곤 했다. 지금 생각해도 누님에게 정말 고맙고 죄송할 뿐이다. 언제나 더 잘해드려야지 다짐한다.

무덥기로 유명한 대구, 누님의 가족들과 보냈던 여름을 어찌 잊을 수 있을까. 최근에 큰조카가 한 말이 생각난다. 단칸방에서 같이 산 그때 삼촌이 너무 미웠다고…… 가슴 깊이 눈물이 났다.

서울, 서울, 서울

1976년, 어머니와 함께 차비만 들고 서울에 올라와 셋째 누나 집에서 한동안 지냈다. 주물 공장에서 벗어나 친척의 소개로 얻은 일자리는 성남의 어느 터널 공사 현장이었다.

지금도 건설 현장들이 그렇듯 새벽에 일을 시작했다. 겨울도 마찬가지였다. 아침 일찍 일어나 현장으로 가서 그라우팅 작업이라는 걸 했다. 시멘트를 먼저 바르고, 간격을 맞춰 특수 시멘트를 밀어 넣는 작업이었다. 하루종일 천장을 올려다보면서 일을 하는데 주물 공장 못지않게 힘들었다. 시멘트 가루가 머리와 온 얼굴에 떨어지기도 했다. 터널이라고 해도 야외나 다름없어서 추울 때는 더 일하기가 힘들었다. 천근만근인 몸을 이끌고 퇴근하면 어머니는 따뜻한 밥을 차려주셨다. 차마 힘들다는 내색을 할 수는 없었다.

요즘은 일하는 방식이 좀 달라졌을지도 모르겠다. 그래도 건설 현장에서 일하는 분들을 보면 지금도 존경스럽고 대단하다는 생각이 든다. 축 처진 몸과 어머니의 밥. 나의 서울살이는 그렇게 시작되었다.

호텔 면접 보던 날

건설 현장에서 같이 일하던 친구가 어느 날 다른 회사에 면접을 보러 가지 않겠냐고 물었다. 누가 사람을 알아봐달라고 부탁했는데 자기는 계속 건설 현장에서 일할 생각이라며 나를 추천한 것이다. 지금 생각하면 참 묘하다. 친척의 소개로 서울로 왔고, 그다음에는 얼굴도 모르는 '친구의 친구' 소개로 호텔과 인연이 닿았으니 말이다.

처음에는 면접을 본다는 자체만으로도 정말 좋았다. 당시 공사 현장에서의 일이 나한테는 너무 힘들고 벅차서 나도 모르게 도망치고 싶은 마음이 있었다. 그런데 면접을 보는 곳이 '호텔'이라는 말을 듣고 긴장이 됐다. 생긴 지 아주 오래되고 규모도 큰 조선호텔이라고 했다. 일단 호텔은커녕 높은 빌딩에 들어가본 적도 없을뿐더러 영어를 쓰는 곳이라는데 영어라면 한마디도 할 줄 몰랐다.

떨리는 마음으로 조선호텔을 찾아갔다. 서울 시청 주변에 높은 건물이 두 개 보였다. 하나는 20층짜리 조선호텔, 다른 하나는 3·1빌딩이었다. 빌딩 옆에만 가도 어지러웠다. 긴장한 상태로 면접장에 들어갔다. 집은 어디인지, 왜 호텔에서 일하려고 하는지 등의 질문을 받았다. 그다음 차례로 외국인 면접관과 마주앉았다. 외국인과는 태어나서 처음 대화를 한 자리였다. 그저 신기했다. 비서로 보이는 이가 면접관 옆에 앉아서 통역을 했고, 나는 뭐든 맡겨주면 열심히 하겠다고만 대답했다. 그 외에 내가 할 수 있는 말이 없었다. 5일 정도 지났을까, 출근하라는 연락이 왔다.

조선호텔 임시직 페이지보이pageboy 권문현! 새로운 시작이었다.

시골 쥐 서울 쥐

드디어 호텔 첫 출근 날. 망했다. 입구를 못 찾았다. 지하에 직원 전용 출입구가 따로 있는데 그걸 찾지 못해 헤매다가 간신히 다른 사람들을 쫓아가 찾았다.

여기를 봐도 반짝, 저기를 봐도 반짝…… 엘리베이터는 그저 신기할 뿐이고, 심지어 한복을 입은 엘리베이터걸도 있었다. 엘리베이터를 타야 하는 일이라도 생기면 혹시라도 추락할지 모른다는 불안감이 엄습해서 심호흡을 몇 번이나 하고 탔는지 모른다. 나중에 알았는데 조선호텔은 우리나라 최초로 승객용 엘리베이터를 설치한 건물이었다.

가끔 상사에게 혼도 났지만 일이 재미있어서 시간도 잘 갔다. 그런데 입사 초기에는 퇴근 시간만 되면 긴장이 됐다. 직원 전용 통로가 따로 있는데 어디로 나가야 하는지 막막했다. 서울, 그것도 호텔이라는 독 안에 든 시골 쥐처럼 출구를 찾지 못해 헤매고 있으니 보안팀 직원이 안내를 해주었다. 한 일주일간은 헤맸다. 지금도 옛 동료들이 출구는 잘 찾느냐고, 퇴근은 잘 하느냐고 묻는다. 지나고 보니 이런 것도 다 추억이다.

사람이 먼저다

후배들이 들어오지 않아 막내 생활을 10년 넘게 했다. 페이지보이는 요즘처럼 전자결재 시스템이 갖춰지기 전, 각종 서류에 승인을 받은 후 해당 부서에 전달하는 역할이었다. 그 시절에 만보기가 있었다면 하루에 2~3만 보는 족히 찍혔을 것이다.

입사 초기에는 하루종일 호텔 구석구석을 왔다갔다하고 나면 퇴근 후 다리와 발바닥이 너무 아파서 매일 뜨거운 물에 발 마사지를 했다. 잊고 있었는데, 이 글을 쓰다보니 그때 어머니가 '곤로'에 물을 데워주셨던 기억이 떠오른다. 결혼 뒤에는 아내가 연탄불에 물을 데워주었다. 늘 곁에 있어준 눈물겹게 고마운 두 사람이다.

가끔 서류를 잘못 전달해서 혼쭐이 나기도 했지만 페이지보이만이 얻을 수 있는 좋은 점도 있었다. 모든 부서 사람들을 알게 된다는 점이었다. 오며가며 여러 부서 직원들과 대화도 나눌 수 있어 좋았다. 신입 사원이라고 다들 챙겨주는 분위기여서 더 좋았다. 페이지보이로 일하면서 부서장들은 물론 직원들의 얼굴과 이름도 익혔다.

직원이든 고객이든 나와 연관된 사람을 아는 것이 일의 기본이자 일의 출발점이라고 생각한다. 그래서 일하는 조직이 바뀔 때마다 제일 먼저 직원들을 익히고 기억하려고 노력했다. 사람이 먼저다.

고객과 함께 퇴근 카풀

손님이 호텔에서 나가다 굽이진 길에서 넘어져 다리를 다친 일이 있다. 호텔 청소 불량을 탓하며 문제를 제기했고, 호텔에서 결국 보상을 했다. 그뒤로 눈이 오면 모든 부서가 동원돼 눈을 치웠다.

어느 날, 밤 근무를 마치고 새벽 1시 퇴근 시간이 가까웠을 때였다. 저녁부터 내린 눈이 어느새 소복하게 쌓였다. 어릴 때는 눈이 마냥 반가웠는데 어른이 되어 일을 하고 보니 눈이나 비가 오는 날에는 신경쓸 것이 많아졌다. 특히 언제나 차가 말썽이었다. 그날은 성북동에 살던 외국인 고객이 호텔 바를 이용한 후 택시를 불러달라고 요청했는데 오르막길이 많은 동네다 보니 선뜻 가겠다는 택시가 없었다. 난감했다. 내 차라도 괜찮다면 퇴근하는 길에 태워드리겠다고 하니 좋아하셨다. 평소보다 더 조심스럽게 운전하느라 긴장했던 기억이 난다. 추억의 퇴근길이다.

아버지와 어머니

사람 좋기로 유명했다. 늘 다른 사람을 배려하고 양보했다. 그를 싫어하는 사람이 없었다. 오일장이 서는 날에는 장터에 가서 술을 많이 마시고 돌아왔다. 다음날 아침 방앗간 문을 열지 못할 만큼…… 그가 좋은 사람이라는 것은 알지만 그런 모습이 어린 내 눈에는 좋아 보이지 않았다. 내가 철원에서 군생활을 하고 있을 때 돌아가신 아버지 이야기다. 급히 휴가를 받아 고향으로 내려갔지만 이미 장례는 끝난 뒤였다. 편찮으시면서도 꼭 면회를 오겠다고 편지를 주셨는데, 결국 뵙지 못한 채 이별했다. 울산에서 교사로 있던 조카가 면회를 와서는 아버지가 내게 전해주라 하셨다며 돈 10만 원을 놓고 일어섰다. 가려는 조카를 붙잡고 먼지 나는 철원 읍내에서 함께 점심을 먹고 저녁 무렵 헤어졌다. 조카도 세상을 떠났다.

어머니는 바느질 솜씨가 좋고 여든이 넘어서도 우리 형제들보다 계산이 빠를 정도로 총기가 남다르셨다. 어릴 때 우리가 잘못한 행동이 있으면 습관을 바로잡을 때까지 단호하게 가르치시곤 했다. 그 덕분에 형님과 누님들도 특별히 모나지 않고 온화한 성품으로 자라지 않았나 싶다. 나는 고집 센 막내였는데 지금 생각해보면 20대 때 힘들게 일하고 살면서 생각과 습관이 많이 변했다. 특히 서울에 올라와 결혼한 이후 어머니를 모시고 살면서 누구보다도 듬직한 아들, 든든한 가장이 되기 위해 노력해왔다.

산다는 것은, 부족한 한 사람이 가족들과 주변 환경의 영향으로 온전한 한 사람으로 거듭나는 일이 아닐까.

방앗간을 다시 짓다가

아버지와 함께 물레방앗간을 하던 당시 정미소의 삯은 쌀 한 가마를 도정하면 쌀 두 됫박으로 받고 두 가마를 도정하면 네 됫박을 받는 식이었다. 물레방아이니 수력으로 경영하며 그저 밥이나 먹고살 수 있는 정도였다. 그러던 어느 날 화재가 일어나 방앗간 전체가 타버렸다. 정말 힘들었다. 다시 지을 수밖에 없었는데, 돈이 없었기에 모든 과정을 내가 도맡았다. 직접 산에 가서 나무를 베어와 기둥을 세웠고, 난방용 땔감도 직접 구했다. 그렇게 추운 겨울을 보냈다.

겨우 다시 방앗간을 세웠는데, 마을 한가운데에 원동기를 사용하는 정미소가 생겼다. 여러모로 경쟁이 되지 않았다. 동력 방식이 구식이라는 점 외에도 우리 방앗간은 마을과 떨어진 자리에 있었기 때문이다. 결국 얼마 가지 않아 문을 닫았다.

복을 짓는 일

가끔 수백 권의 책보다도 어머니의 말씀 한마디에 더 많은 것이 담겨 있다고 느낀다. 회사에서 교육을 받을 때는 서비스 기술을 배운다. 인사하는 법에서부터 말투, 표정, 손짓 하나까지…… 그런데 행동은 따라 할 수 있지만 표정만큼은 배운다고 해도 한계가 있다. 웃는 얼굴이 아니라며 고객에게 지적을 받기도 했고, 거울 앞에서 매일 4~5시간씩 표정과 자세를 연습한 적도 있다. 그런데 표정도 말투도 몸짓도 모두 마음에서 나온다는 말이 무슨 의미인지 이제는 알겠다. 어머니가 항상 하셨던 말씀이 있다.

"친절을 베풀어라, 친절을 베풀면 언젠가 돌아온다."

어머니는 내게 항상 호텔맨(어머니는 늘 나를 '호텔맨'이라 부르셨다)이라는 것을 기억하고 봉사하는 마음으로 일하라고 이야기하셨다. 직장생활을 봉사활동 하듯이 하라는 의미가 뭘까? 어머니는 평생 베풀며 살아오셨다. 바느질 솜씨가 좋기로 유명했

권문헌

는데, 옷을 지어 이웃에 나눠주기도 했다. 생활이 봉사요, 봉사가 생활이었다.

서비스업과 아무런 관련이 없는데도 친절함이 몸에 밴 이들을 종종 본다. 눈이 마주치면 먼저 웃어주고, 반갑게 인사하며, 따뜻한 말 한마디를 건네는 사람들. 그들의 다정함과 친절함은 어디로부터 나오는 것일까. 돈 한푼 들이지 않고 다른 사람들을 행복하게 만드는 마법이 바로 친절함이 아닐까. 베푸는 만큼 돌아온다는 말은 꼭 무슨 보상을 받는다는 뜻이 아니라 베푸는 일 자체가 복을 짓는 일이라고 어머니는 생각하신 듯하다.

오늘도 마음에서 우러나오는 친절함을 최대치로 끌어올려본다. 우리 어머니, 저멀리서 막내아들이 잘하고 있다고 흐뭇해하시겠다.

그리운 택시운전사

광주에 다녀왔다고 했다. 광주 시내까지 들어가기가 얼마나 힘들었는지, 그나마 자신이 길을 잘 알기 때문에 돌고 돌아 간신히 들어갈 수 있었다고 했다. 총소리가 들렸다는 것과 힘들게 다시 기자를 태우고 서울로 돌아온 과정까지…… 당시에는 광주에서 일어난 일에 대해서 직접 듣고도 도저히 믿을 수가 없었다. 예비군이던 나도 갑자기 소집되어 훈련을 받고 온 상황이었지만 실제로 광주에서 일어난 일에 대해서는 들어도 실감이 나지 않고 사실이라고 믿어지지가 않았다. 확실한 점은 자기 목숨을 걸고 광주까지 다녀온 김사복씨가 정말 대단해 보였다는 거다.

택시 이야기가 나오면 언제나 제일 먼저 떠오르는 한 사람이 있다. 영화 〈택시운전사〉 주인공 '만섭'의 실제 인물인 김사복씨다. 그는 70년대 말 조선호텔에 상주하던 일명 '호텔 택시' 기사였다. 호텔 직원은 아니고 항상 호텔에 대기하면서 주로 외국인들을 공항까지 태워주거나 외신 기자들을 목적지까지 태워주곤 했다. 지금으로 보면 모범택시 정도 될 듯하다. 당시 서울 시내 특급 호텔에는 외신 기자들이 자주 묵었다. 5·18 민주화운동을 세계에 가장 먼저 알린 독일 기자 힌츠페터는 일본에서 머물다 광주 취재를 위해 우리나라로 왔다고 알려져 있다. 당시 택시 기사로는 드물게 김사복씨는 일어와 영어를 잘해 외신 기자들하고도 자유롭게 소통했던 기억이 난다. 광주에 다녀온 후 김사복씨가 나를 포함한 호텔 직원들에게 들려주었던 이야기들이 아직 생생하다.

몇 년 전 〈택시운전사〉를 개봉했을 때 아내와 같이 극장에 갔다. 아내도 나한테 이야기를 많이 들어서 김사복씨를 익히 알고 있었다. 당시 호텔 직원들하고 친하게 지내며 술잔을 기울이기도 했던 김사복씨…… 영화를 보는 내내 울었다. 영화에서는 이야기를 더 극적으로 만들기 위해 꾸며낸 부분도 있겠지만, 그래도 김사복씨의 용감하고 대단한 행동들이 담긴 영화라 아직도 마음에 묵직하게 남아 있다.

김사복씨는 광주에 다녀온 후에도 계속 호텔 택시 일을 하다가 몸이 안 좋다는 얘기가 들리며 어느 날부터 소식이 끊겨버렸다. 돌아가시기 전에 한번 더 만나지 못해 아쉽고, 이른 나이에 고인이 되셔서 너무나 안타깝다.

당신의 용기를 오래오래 기억하겠습니다.

마음에 남은 고객

세월은 가도 기억은 남는 법. 지금도 떠올리는 것만으로 마음 따듯해지는 고객들이 있다. 자주 뵈었거나 유독 나에게 칭찬을 아끼지 않았던 고객들. 그중 한 분은 당시 신입 사원이던 내가 보기에도 성품이 인자하고, 말단 직원들에게도 마음으로 대해준다는 인상을 받았다. 호텔을 방문할 때마다 항상 직원들을 칭찬하고 격려해주던, 지금은 고인이 되신 백두진 전 국회의장님이다. 모든 직원이 존경하는 고객 중 한 분이었다.
일반 고객들 중에서는 재미교포 J고객이 기억에 남는다. J고객은 70~80년대에도 호텔에 골프채를 보관해둘 정도로 단골이었다. 예약과를 통하지 않고 나한테 전화나 메일로 직접 예약을 부탁할 때도 있었다. 지금처럼 스마트폰이 없던 시절, 쉬는 날 산에 오르는 중에 전화를 받고는 메모도 하지 못해 난감했던 기억도 난다. 서울에 큰 호텔이 별로 없던 시절에는 대규모 행사가 열리면 일반 고객들이 예약하기 힘들었는데 그럴 때에도 최대한 예약을 도와드리고, 한국 여행중에 불편함을 겪을 때에도 성의껏 도와드리다보니 점점 신뢰가 쌓였던 것 같다.

그후 미국 여행중에 만났을 때는 반대로 내가 여행에 도움을 받기도 했다.
재미교포라고 하니, 떠오르는 고객이 한 분 더 있다. 유명한 '주먹'이었는데다 당시 실세 검사의 친구이기도 했는데, 자기가 누구 친구라고 많이 내세웠다. 호텔의 직책 높은 분들에게는 폭력으로 말썽도 피워서 외국인 매니저가 피해다닐 정도였지만, 로비에서 일하는 직책 낮은 직원들에게는 통 크게 따뜻한 음료나 고급 케이크를 돌리곤 했다. 5년 정도 지났을까 한밤중에 술자리에서 용기를 내 그분에게 술 한잔하자고 연락을 드렸는데 흔쾌히 나와주셔서 아침까지 마셨다. 그뒤로 호텔만 오면 "미스터 권 어디 있냐"고 고맙게 찾아주었다.

인생의 보너스

그동안 만난 수많은 고객 중에 유난히 대단해 보이고, 닮고 싶다는 생각이 절로 드는 고객들이 있다. 어떤 자리에 있고 어떤 차를 타는지보다 인품이 훌륭하거나 매일 새벽 운동을 나오는 등 자기 관리가 철저한 분들을 보면 특히 그렇다.

여의도에 사는 최회장님도 그런 고객 중 한 분이다. 콘래드 서울호텔로 출근한 지 얼마 지나지 않아 최회장님을 다시 만났다. 조선호텔에서 30년 가까이 뵌 분이라 정말 버선발로 달려가 반갑게 인사드렸다. 알고 보니 요즘에는 콘래드 서울에 자주 오신다고 했다. 여든 언저리의 연세에도 부부가 다정하게 다니는 모습이 언제 봐도 흐뭇하고 닮고 싶은 모습 그 자체다.

2019년 어느 날, 호텔을 찾은 최회장님이 하얀 봉투를 하나 내미셨다. 신문에 인터뷰가 나간 것을 보고는 몇 자 쓰셨단다. 종이에는 꾹꾹 눌러쓴 글씨가 가득했다. 얼마 만에 받아보는 손편지인지…… 한 글자 한 글자마다 그분의 진심이 느껴져서 가슴 한구석이 뭉클했다. 월급 받고 하는 일인데 이런 보람은 덤으로 받는 보너스 같다. 인생의 보너스.

권문현 지배인 앞

조선호텔에서 만난 인연이 여의도 콘래드호텔
에서 다시 보게 된 것이야, 참 좋은 인연
입니다. 너무도 반가웠습니다. 친절했습니다.
7월초 조선일보의 기사를 읽으면서 권지배인의
43년동안, 살아온 삶의 발자취 찾아
자랑스러웠다고 느꼈습니다.

"거짓 없는 진실한 삶"
"남에게 피해 안 주는 삶"
이것이 성공한 삶이라는 겸허한 그 마음속에
하느님의 크신 지혜가 좋게 하심을 봅니다.

앞날에 축복합니다. 함께 식사하고 싶었는데,
부끄스러워 참가 못해, 작은 정성을 드립니다.
가족들과 한 잔 하시라고

여의도, 최기준 드림

대통령의 손편지

국가적인 행사가 많이 열리는 특급 호텔에서 일하다보니 박정희 대통령을 시작으로 전·현직 모든 대통령을 봐왔다.

군인 출신인 전두환 대통령과 노태우 대통령은 겉모습에서부터 힘이 들어가 딱딱한 분위기였다. 워낙 경호가 삼엄해서 가까이서 뵌 적은 없다. 차지철 경호실장은 정말 자주 왔다. 엘리베이터로 몇 차례 모신 적이 있는데 인상에서부터 겁을 먹은 선배들이 나한테 맡으라고 떠민 적이 많다. 나는…… 떨려서 기억이 나지 않는다. 김종필 전 총재의 경우 일반 대표들과 격의 없이 잘 지내는 모습을 보았다.

김영삼 대통령과 김대중 대통령은 따뜻한 인사를 건네주시곤 했다. 김대중 대통령은 언젠가 명절 즈음에 나에게 흰 봉투를 건네주시기도 했다. 직원들이 난리가 났다. 금일봉이 아닐까 다들 기대한 듯했다. 봉투 안에는 '관광 산업을 위해서 노력하는 호텔 직원들 수고가 많으십니다'라는 손글씨가 적혀 있었다. 돈으로는 환산할 수 없는 격려였다. 손편지는 당시 사무실에 전달해서 내가 가지고 있지는 않다.

노무현 대통령은 청문회 스타로 인기가 드높던 시절부터 자주 뵈었다. 박근혜 대통령도 국회의원 신분 때 자주 왔는데 이명박 대통령과 마찬가지로 인사를 하면 부드럽게 목례로 잘 받아주셨다.
늘 TV에서만 보던 최고 권력자들을 눈앞에서 볼 때면 긴장되기보다는 신기했다.

고사 지내던 날

그때는 정말 왜 그런 일이 있었을까…… 지금도 깊은 밤이나 새벽에 전화벨이 울리면 가슴이 철렁한다. 40년 넘는 직장생활 중에 제일 의문스러우면서 슬프고 안타까웠던 기억을 말하라면 같이 일하던 동료들이 5~6년 사이에 질병이나 교통사고 등으로 연달아 세상을 떠나버린 때가 떠오른다.

벨 데스크에 있던 시절이었다. 1년에 한두 번씩 5년 동안 동료들을 떠나보내는 경험을 누가 한단 말인가. 그때의 참담한 심정이란 이루 말할 수가 없다. 내가 부서장이었기에 연이어 벌어지는 황망한 사고와 믿기 어려운 일들에 더더욱 넋이 나갈 지경이었다. 급기야 회사에서는 고사라도 지내야 하는 것 아니냐는 말이 나왔고, 벨 직원들을 포함해 객실팀 전 직원이 북한산에 올랐다. 근무중인 직원들을 제외하고 50여 명이 산에 올라 산신제라는 것을 지냈다.

나는 제일 먼저 큰절을 올리며 세상을 떠난 동료들의 명복을 빌고 또 빌었다. 이런 일들을 더이상 겪고 싶지 않다고, 하늘과 땅에 있는 모든 신들에게 빌었다. 산신제에 참여한 직원들도 다 같은 마음이었을 것이다. 그 이후에도 한두 번의 사고가 더 있었지만, 그뒤 더는 장례식장을 찾는 일이 생기지 않았다. 안타깝게도 젊은 나이에 유명을 달리한 고인들의 명복을 빈다.

"너희들 간이 크구나!"

이제는 말할 수 있다. 재미교포 S고객은 1년에 두세 번 조선호텔을 찾는 단골 고객이었다. 그분의 예약이 잡혀 있으면 전 직원이 긴장했다. 특히 외국인 직원들은 더 긴장을 했는데, S고객이 외국인들에 대해 좋지 않은 감정이 강해서 외국인 직원을 마주치기만 하면 언성을 높이며 괴롭혔기 때문이다. 흔히 말하는 블랙리스트에 올려둘 정도로 직원들이 받는 스트레스가 상당했다. 그분이 난동을 부려도 경찰이 출동하는 일도 없었다. 직원들은 S고객이 엄청난 인맥을 가졌을 거라고 추측만 할 뿐이었다.

그러던 어느 날, 퇴근 후에 동료 직원과 같이 술을 한잔 마시다가 문득 S고객과 이야기를 좀 나눠보고 싶다는 생각이 들어서 연락을 드렸다. 호텔 직원이 고객을 불러내서 술잔을 기울이는 일이 또 있을까? 그것도 경력이 많지도 않은 내가 무슨 용기가 났는지 S고객과 마주앉았다. 그분은 대뜸 "너희들 간이 크구나!" 라고 호통을 치고는 우리와 함께 술잔을 기울이며 이런저런 이야기를 주고받았다. 우리는 그간의 힘겨움을 토로하며 직원들에게 조금 더 부드럽게 대해줄 수 없느냐고 사정했다. S고객은 그러겠다고 말하면서도 끝까지 외국인들에 대한 강한 반감을 드러냈다.

대화를 나눈 뒤부터 S고객의 행동은 예전보다 조금 누그러졌다. 심지어 술잔을 기울였던 우리와는 오며가며 얘기를 주고받기도 했다. 역시 어떤 진상(애정) 고객도 직접 마주앉아 이야기를 나눠보면 행동이 달라질 수 있다. 예나 지금이나 그렇다.

진상 고객과 애정 고객

2019년 한 일간지와 인터뷰를 하면서 지금 일하는 호텔에 '폭탄 처리반'으로 투입됐다고 우스갯소리로 말했다. 흔히 말하는 '진상 고객'을 나는 '애정 고객'이라고 부른다. 정말 다시 방문하지 않을 고객들은 오히려 아무런 말 없이 가는 경우가 대부분이다. 무언가를 지적하고 불편함을 표시한다는 것은 다시 방문할 마음이 있다는 것이고(실제로 다시 방문하는 경우도 많다), 자신에게 관심을 가져달라는 의미로 해석한다.

나는 불만이 가득 쌓인 고객의 말에 우선 귀를 기울인다. 10분이고 20분이고 고객의 말을 귀기울여 듣는다. 납득이 가는 경우도 있고 억지인 경우도 있지만 우선 이야기를 끝까지 듣는다(내 이름의 '문'이 '들을 문聞'이 아닐까 생각할 때도 있다). 그런 다음 진실하게, 거짓 없이 설명하거나 해명하고, 고객의 명함도 한 장 받으며 이런저런 이야기를 나눈다. 내게 월급을 주는 사람이 고객들이라고 생각하기 때문에 함부로 대할 수 없다. 호텔 CEO도 절대 싸워서 이길 수 없는 사람이 바로 고객이다. 먼저 듣고, 설명하고, 따뜻한 대화를 나누다보면 분노에 가득차 있던 고객들도 보통 마음을 좀 내려놓게 된다.

진심을 다하면 해결하지 못할 일이 없다고 생각한다. 물론 아무리 노력해도 어찌할 수 없을 경우에는 법무팀의 도움을 받기도 한다. 하지만 그렇게까지 만들지 않기 위해서 사람과 사람이 얼굴을 맞대고 해결하려 노력한다. 그래도 아직은 살만한 세상 아닌가.

직업병

회사 프로그램 중 하나로 벤치마킹을 위해 싱가포르와 태국의 호텔에서 일주일씩 근무해본 적이 있다. 1989년 해외여행 자유화가 되기 전이니 80년대 중반 얘기다. 순수하게 여행으로 외국에 가도 습관적으로 호텔의 시설이나 서비스를 비교하게 된다. 직업병이다. 지금처럼 스마트폰이 없던 시절에는 그 호텔에서 좋았던 부분이 있으면 필름 카메라로 사진을 찍어서 귀국 후 인화해 관련 부서에 전달하기도 했다. 나만 특별히 그랬던 것은 아니고 다른 직원들도 종종 여행을 다녀온 후 정보를 공유하는 모습이 보기 좋았다. 결국 직장에 대한 관심과 애정이 그런 방식으로 드러났다고 생각한다.

다녀본 곳 중에는 일본 호텔의 서비스가 가장 기억에 남는다. 익히 알려져 있듯이 일본 호텔의 서비스는 순수함을 넘어 감동을 받을 정도로 훌륭하다. 한번은 후쿠오카에 여행을 가서 3일간 같은 시간에 조식을 먹으러 갔는데, 연세가 지긋한 주방장이 매일 따라오면서 너무나도 친절하게 반겨주고 식사가 어땠는지 물어봤다. 나도 그럴 때가 있었을까? 내 행동을 다시 한번 돌아보는 기회였다. 가끔은 친절함이 부담으로 다가오기도 하지만, 서비스업에도 '과유불급'이 적용되는가 생각해보면 그건 또 아닌 것 같다. 서비스에서는 부족한 것보다 넘치는 편이 나을지도 모르겠다. 뭔가 부족했다고 클레임 거는 고객은 많아도 너무 친절함이 지나쳐서 부담스러웠다고 항의하는 고객은 거의 만나보지 못했기 때문이다(하지만 요즘은 도와드리고 나서도 내가 잘한 건가 하는 생각이 들 때도 있다). 넘치지도, 부족하지도 않은 적정선을 지키는 것, 그게 참 어렵다.
성격이 급해진 것도 직업병 아닐까 싶다. 큰 행사가 있을 때는 무전기나 스카이프 등으로 수시로 직원들과 연락하며 바쁘게 움직여야 한다. 할 말은 정확하고 빠르게 전달하고, 말과 함께 몸도 움직여야 한다. 고객보다 한발 앞서가야 하기 때문에 더 서두르고, 더 예민해질 수밖에 없다. 딱 정해진 그 시간에만 할 수 있는 일이라서 그렇다. 방송으로 치면 녹화 방송이 아니라 '생방송'이다. 물론 그런 큰 행사가 매일 있는 건 아니니까 그나마 휘몰아치게 일하고 또 한시름 놓기가 반복된다.

마키코 씨와의 인연

언제였던가. 서울이 지금처럼 발 빠른 위기 대응 시스템을 갖추기 전, 간밤에 눈이 몹시 내렸다. 대중교통은 물론 택시도 올스톱되었다. 공항은 제설 작업이 끝났는지 일본행 비행기는 뜬다고 했다. 하지만 공항까지 갈 방법이 없어 발을 동동 구르던 마키코 씨를 내 포니 자동차로 공항까지 태워드린 일이 있다. 마키코 씨는 그뒤 잘 도착했다며, 고맙다는 말을 적어 호텔에 팩스를 보냈다. 그 이후로 마키코 씨는 1년에 한두 번은 꼭 우리 호텔을 찾았고, 인연이 이어져 일본 여행길에 마키코 씨의 집에도 초대받아 놀러갔다. 지금도 마키코 씨와는 라인으로 대화도 나누고 통화도 한다. 내가 가든, 마키코 씨가 오든 코로나가 끝나면 만나기로 했다.

서비스업 종사자들은 다 그렇겠지만 고객들로부터 칭찬이나 격려를 받을 때 일하는 보람과 기쁨을 느낀다. 나도 무뚝뚝하기로 유명한 경상도 사람이라 젊을 때는 뭔가 표현하는 게 익숙하지가 않았지만, 지금은 후천적인 경험 덕분인지 누구를 만나고 어디에 가든 반가움이나 고마움은 최대한 적극적으로 표현하려고 노력한다.
말은 해야 맛이고, 고기는 씹어야 맛이라는 속담도 있듯 고마움을 표현하는 것은 나도 상대방도 기분 좋은 일이다.

어이 vs 권선생

요즘 세상이 많이 달라졌다는 생각을 자주 한다. 나도 나이를 먹기는 먹었나보다. 특히 고객들이 호텔 직원을 부르는 말이 달라졌다. 물론 여전히 직원을 하대하는 고객들도 있지만 전반적으로 달라지고 있다. 예전에는 호텔 직원들을 "어이"라고 부르고, 다짜고짜 반말하던 시대도 있었다. 그런 호칭을 듣고 기분 좋은 사람이 있을까. 손님이 왕 중의 왕이던 때라 기분이 상해도 그러려니 하고 넘겨야 했다. 요즘 내 이름을 아는 단골 고객들은 나를 "권군" 또는 "권선생"이라고 부르기도 한다. 이름을 모르는 경우 "여보세요" 또는 "저기요"라고 부른다. 대개 호텔리어들의 유니폼에는 명찰이 달려 있다. 이왕이면 명찰을 보고 누구 누구씨라는 이름이나 직함을 불러주면 어떨까 생각한다.

반대로 나 역시 고객들의 이름이나 직함 등이 오픈된 경우라면 최대한 미리 파악하고, 정확하게 불러드리려고 노력한다. 신문을 보고 스크랩하거나 수시로 최신 정보를 메모한다. 그걸 틈나는 대로 들여다보고 외운다. 사람들이 노하우가 뭐냐고 자꾸 물어보는데 관심을 갖고 반복하는 것만큼 큰 스승이 없다. 고객의 얼굴과 이름을 많이 익힐수록 고객 응대가 훨씬 쉬워진다. 특히 가끔 어느 고객이 도착했다고 즉각 보고해야 할 때 고객의 얼굴을 알면 큰 도움이 된다. 얼마 전의 일이다. 오래전 장관을 역임했던 분이 행사 참석차 호텔을 방문했는데, "000장관님 잘 지내셨지요?"라고 인사했더니 어떻게 이름까지 기억하느냐며 깜짝 놀라셨던 적이 있다.

상대방을 부르는 말은 곧 내 인격이고 한 끗 다른 정성의 차이다.

누군가를 반갑게 맞이한다는 것

사람들은 나를 보고 기억력이 좋은 것 같다고 한다. 차 번호나 사람들의 얼굴을 잘 외우는 편이어서 그렇게들 말한다. 뭐든 외워야 이 일을 좀더 효율적으로 잘할 수 있다. 사실 인터뷰할 때마다 하는 말이지만 기억력이 좋다기보다 반복해서 외우려고 노력하다보니 외우게 된 것이다. 인디언들은 비가 올 때까지 기우제를 지낸다는 말이 있듯이 나도 외워질 때까지 자료를 본다. 신문 스크랩을 해둔 것이나 고객들의 프로파일을 수시로 보는 거다. 그리고 오래 일하다보니 자주 오는 고객들은 자연스럽게 익힐 수 있었다.

결국 시간과 관심, 반복의 힘이 아닐까. 고객들을 반갑게 맞아주려는 마음, 먼저 다가가려는 마음. 모든 것은 그 마음으로부터 비롯되는 것 같다. 때로 우리 호텔을 처음 방문하기로 한 VIP 고객의 사진을 미리 보거나 인상착의를 들어두었다가 고객이 도착했을 때 한눈에 알아보고 바로 적절하게 응대할 때가 있다. 누군가를 반갑게 맞이하는 그 환대의 순간, 내가 당신을 기다렸다는 마음이 전해지는 순간이 나는 참 행복하다.

마법의 질문

갑자기 SNS에 메시지가 쏟아져 들어왔다. TV에 내 이야기가 나온다는 내용이었다. 2020년 6월 1일 KBS 2TV 〈옥탑방의 문제아들〉이라는 프로그램에 나에 대한 문제가 나와서 내 이름이 포털 사이트 실시간 검색어에 오르기도 했다. 문제는 '갑질 고객들의 화를 누그러뜨리는 마법의 질문은 무엇일까요?'였다. 신문 인터뷰 때 했던 이야기인데, 정답은 '선생님, 명함 하나 주시겠어요?'이다.

내가 진상(애정) 고객들에게 대처하는 법을 매뉴얼로 만든다면 첫번째 항목이 바로 '조용한 장소로 이동해서 고객의 명함 받기'다. 그다음은 '고객의 이야기 끝까지 듣기'다. 진정성 있는 자세로, 10분이고 20분이고, 고객의 말을 자르거나 변명하지 말고 듣기다. 고객의 말을 공감하며 듣다보면 나도 모르게 "아이고, 그러셨어요" 하며 맞장구를 치게 된다. 맞장구치기는 명함 못지않게 중요한 공감의 표현이다. 나 역시 누구와 이야기를 나눌 때 맞장구를 잘 쳐주는 사람이 좋다. 특히 속상한 일을 말할 때 단지 말하는 것만으로도 위로받고 치유되는 기분이 든다. 신나게 맞장구치며 고객의 이야기를 들은 다음 변명하지 않고, 차분하고 솔직하게 고객과 이야기를 나눈다. 그러면 불만에 가득차서 소리를 지르던 고객도 어느새 마음이 안정되어 누그러지는 경우가 대부분이다.

44년 동안 정말 끝까지 소통이 되지 않았던 고객은 한두 명으로 기억한다(이 고객들은 회사 법무팀의 도움을 받아 해결했다). 그 외 수천여 명의 고객은 대부분 대화만으로도 엉킨 마음을 풀어주었다. 명함을 받고, 이야기를 듣고, 공감하고, 설명해드린 것이 전부인데 고객들의 마음이 스르르 풀어졌다. 그러고는 언제 트러블이 있었냐는 듯이 또 호텔을 찾아주시니 고마울 따름이다. 그래서 나는 '진상 고객'이라는 단어보다 '애정 고객'이라는 단어를 더 좋아한다. 애정이 있어야만 지적도 한다. 애정 고객은 또 찾아올 고객이다. 관계라는 것은 투명해질 때 더 견고해지는 것 같다. 명함을 받고 당신과 내가 잠시라도 눈을 마주치고 대화를 나누는 순간, 관계가 한 겹 더 두터워지고 단단해지는 마법이 일어난다.

예방이 최선이다

얼마 전에도 고객 한 분이 우리 직원들에게 언성을 높였다고 한다. 워낙 그런 일이 잦은 고객인데, 이번에는 내가 없을 때 일어난 일이다. 직원들이 FM대로 일을 하지 않는다는 이유였다. 여기서 잠깐 'FM'이 무엇인가에 대해 고민하지 않을 수가 없다. FM은 'Field Manual'이다. 어떤 행동을 할 때 기준으로 삼을만한 것이 FM이다. 열 명의 고객 중에 아홉 명이 받아들여도 한 명이 받아들이지 못한다면 그 한 명에게 맞는 서비스를 제공하는 것이 옳다. 때로는 FM이라는 것이 비효율적으로 보일지라도 말이다.

고객이 우리 직원들을 미워해서 화를 낸 게 아니다. 다만 호텔의 서비스를 충분히 누리고 싶은 마음이 강한 것이라고 생각한다. 그리고 우리는 우리의 일을 하면 된다. 내가 있을 때는 그 정도는 아닌데 젊은 직원들만 근무할 때는 반말을 하거나 소리를 지른다고 했다. 뾰족한 방법이 없어서 답답하지만 내가 있을 때만이라도 그분이 올 때면 따로 메모를 남겨 직원들과 공유하면서 고객이 원하는 서비스를 제공할 수 있게 했다.

우리가 조금이라도 허점을 보이면 즉각 불호령이 떨어지기 때문에 최대한 완벽하게 서비스를 제공해야 한다. 도어는 물론 호텔 내의 프런트와 식당에서도 마찬가지다.

전 직원을 긴장하게 만드는 고객은 옛날에도 있었고, 지금도 있고, 앞으로도 있을 것이며, 다른 호텔에도 있다. 이렇게 '명함 받기'도 통하지 않는 고객들에게는 나도 더이상 어쩔 수가 없다. 화를 내는 포인트가 분명한 고객들은 오히려 대응하기가 더 쉬울 수도 있다. 예측이 가능하면 예방도 가능하기 때문이다.

블랙리스트

호텔 요금을 상습적으로 체불하거나 방을 심하게 엉망으로 사용할 경우, 그런 일이 여러 번 반복되면 그 고객은 블랙리스트에 오른다. 신문에 자주 오르내리는 그런 의미의 블랙리스트가 맞다. 최악의 경우에는 “죄송하지만 예약을 받을 수 없다”고 고객에게 직접 말한다. 2019년에도 그런 고객이 한 분 있었다. ‘혹시 내가 블랙리스트에 오르지 않았을까’ 하고 괜히 뜨끔하며 걱정할 필요는 없다. 내가 40년 넘게 일하면서 블랙리스트에 오른 고객은 다섯 손가락에 꼽을 정도밖에 되지 않으니까. 그만큼 다른 고객들은 대부분 상식적인 수준에서 무난하게 호텔을 이용한다. 가끔 언성을 높일지라도 말이다.

싸움을 말리는 법

고객들 사이에서도 가끔 싸움이 난다. 주로 체크인이나 체크아웃을 할 때 새치기 문제로 다투거나, 드물긴 하지만 똑같이 생긴 가방이 있을 경우 상대방이 실수로 잘못 가져간 것을 훔쳐간 것으로 오해해서 싸우는 일도 봤다. 보통은 호텔 직원들이 중재해서 오해를 풀고 잘 넘어가는 경우가 대부분이다. 싸움이 나면 일단 직원이 달려가서 사과부터 하고, 큰 목소리가 나지 않도록 당사자들을 진정시킨다. 자초지종을 들은 다음 최대한 객관적으로 일을 마무리하도록 노력한다. 여기에서 '객관적'이라는 것이 포인트다. 어느 쪽에도 치우치지 않는 것.

가장 잦은 싸움은 택시 기사와 고객 간의 다툼이다. 요금이 많이 나왔다고, 빠른 길로 오지 않고 일부러 둘러왔다고, 절대 그런 것이 아니라고, 억울하다고 서로 목소리를 높인다. 그럴 때는 어디에서 출발했는지에 따라 호텔까지 평균 택시 요금이 어느 정도인지 아는 우리가 나서서 싸움을 말려야 한다. 때로는 고객에게 설명하고, 때로는 바가지요금을 씌운 택시 기사를 설득해 적정한 수준의 요금만 받도록 유도한다.

도어의 직원들이 택시 기사들과 부딪힐 때도 있다. 콘래드 서울 입사 초기 어느 날, 젊은 직원들이 하소연을 했다. 내가 쉬는 날만 유독 택시들 때문에 스트레스를 많이 받는다고 했다. 차를 좀 빼달라고 요청해도 듣는 둥 마는 둥 택시를 옮겨주지 않아서 난감하다는 것이었다. 그런 택시 번호들을 적어놓으라고 하고는, 내가 근무하는 날 직접 찾아갔다. 정중하게 상황을 말씀드리고, 계속 해결이 안 되면 경찰서에 연락할 수밖에 없다고 얘기했다.

그런데 바닥이 참 좁다. 요주의 기사들 중 낯익은 얼굴이 있었다. 전 직장에서도 자주 트러블이 있던 기사여서 얼굴을 기억했다. 경찰서에 신고해도 며칠 후면 다시 택시를 몰고 나오니 신고하는 것도 의미가 없었다. 상대방도 나를 알아보고 조금이라도 눈치를 보는 것 같았다. 그뒤로 다행히 택시 문제는 조금 나아졌지만 여전히 내가 없는 날은 그 문제로 시끄러울 때가 있다. 고질적인 문제다.

한때 개그 프로그램에서 대한민국에 안 되는 게 어디 있느냐는, 조금 씁쓸한 유행어가 인기였다. 나는 '말'로 해결 안 되는 것이 어디 있겠느냐고 믿는 사람이다. 말 한마디로 천 냥 빚을 갚고, 말로 싸움을 말리고, 말로 오해를 풀고, 말로 믿음을 얻는다. 물론 앞의 경우처럼 말로도 도무지 안 되는 일도 있고, 싸움의 시작도 말일 때가 있지만……

계속 우기는 사람들이 있다면

인터넷에서 호텔에 대한 정보를 찾다보면 룸 업그레이드나 각종 베네핏Benefit을 받을 수 있는 팁들이 넘쳐난다. 그런 정보를 차근차근 들여다보면 베네핏을 받기 위한 조건이 여러 가지 있다는 것을 알 수 있다. 하지만 모든 경우에 다 통하는 것은 아니다.

객실이 거의 찼을 때는 룸 업그레이드 자체가 불가능하다. 그런 앞뒤 사정을 따지지 않고 무조건 방을 업그레이드해달라고 우기거나 높은 층의 전망 좋은 방을 요구하면 직원들은 난감하다. 직원들은 규정대로 일을 한다. 억지 부리는 고객에게는 제일 먼저 차근차근 설명을 한다. 그리고 다음 기회에 더 최선을 다하겠다고 말씀드린다.

호텔측에서 부족한 점이 있었다면 경우에 따라 식사권이나 와인 등을 제공할 수도 있다. 직원이 어떤 실수를 했을 경우에도 '빠르게' 판단해 와인 같은 것을 전달하면 고객들도 대부분 이성적으로 이해하고 넘어간다.

간혹 보상을 받기 위해 억지스러운 불만을 제기하는 고객들도 있다. 직원들의 눈에는 다 보이지만 최대한 어메니티Amenity를 제공하는 등의 노력으로 고객의 불만을 원만하게 해소해주려고 애쓴다.

Part 2

門, 問, 聞 그리고 Door

속마음 토크

서비스업 종사자들은 언제나 평가라는 것에 노출되어 있다. 직원들이 고객을 평가하듯 고객들 또한 직원에 대해 어떤 '이미지'를 가질 수밖에 없다. 단골 고객의 비중이 높은 호텔의 경우 더 그렇다.

가끔 단골 고객들과 대화 나눌 기회가 있는데, "나는 그 직원이 근무할 때만 바를 찾는다"며 한 고객이 속마음을 이야기했다. 나도 평소에 좋게 보던 직원이라 우리는 맞장구치며 그 직원을 칭찬했다. 그런데 가끔 이런 속마음 토크를 나눈 날은 기분이 묘하다. 똑같은 공간에서 똑같이 돈을 써도 마음 편한 직원이 있을 때 일부러 거기를 방문한다고 하니, 결국 모든 조건이 비슷할 때는 사람을 보고 선택한다는 얘기다.

퇴근 후 학원으로

까마득한 옛날이야기다. 출근 첫날, 호텔 로비에서 외국인 고객을 많이 봤다. 당시 조선호텔 고객은 외국인 비중이 매우 높았다. 나한테 말이라도 걸까 두려워서 목례만 하고 지나가기 바빴다. 당시 같이 입사했던 동료 중에는 대학의 호텔 관련 학과를 졸업한 경우가 많았는데, 영어를 잘하는 몇 명을 제외하고는 대부분 나와 비슷한 처지였던 걸로 기억한다. 외국인 고객들도 직원들이 영어에 아주 능숙하지는 않다는 것을 알기에 필요한 질문만 하고 더이상 영어로 말을 걸지는 않았던 것 같다. 아직 젊으니까 영어 공부를 열심히 하라고 조언해주는 선배도 있었다. 월급을 받은 뒤 바로 종로1가 영어 학원에 등록했다. 선택의 여지가 없었다. 내가 다닌 농업고등학교에서는 영어를 거의 배우지도 않았다. 그야말로 ABC부터 따라 그리기 시작했다.

2~3년 동안은 퇴근하면 바로 영어 학원으로 갔다. 한참 뒤에 회사에서 영어 학원비를 지원해주는 시기도 있었는데 입사 초기에는 그런 지원도 없었다. 발등에 불이 떨어져서 그랬을까,

정직원이 되고 싶은 마음이 간절했을까. 다른 회사는 갈 곳도 없고 무조건 여기에서 자리를 잡아야 한다고 생각하니 영어 공부도 못할 것이 없었다. 물론 배우는 속도는 더디고 발음도 좋지 않았지만……

몇 달 지나니까 외국인 고객들의 말이 조금씩이나마 들렸다. 영어라는 문이 열리기 시작했다. 하지만 말이 들리는 것과 달리 입이 떨어지기까지는 한참 더 오랜 시간이 걸렸다. 그리 적극적인 성격도 아니어서 외국인에게 먼저 말을 거는 것은 상상도 못했고, 외국인과 마주보기만 해도 요즘 말로 '울렁증' 때문에 도무지 입이 떨어지지 않았다. 그래도 못 알아들으면 다시 한번 말해달라고 영어로 말할 수 있으니 서서히 영어에 대해 자신감을 키워나갔다. 그러던 중 1978년 벨보이로 정식 발령이 났다. 영어를 잘하지 못하는 동기들은 정식 발령을 받지 못했고, 일이 적성에 맞지 않던 동기들은 스스로 호텔을 떠났다.

고객들은 수시로 다양한 것을 물어보았다. 한두 시간 여유가 생겼는데 어디를 둘러보면 좋겠느냐, 공항까지는 얼마나 걸리겠느냐, 추천해줄 식당이 있느냐, 쇼핑하기에는 어디가 좋으냐…… 그럴 때마다 나도 영어로 조금씩 대답을 해주기 시작했다. 대부분 매뉴얼대로 대답을 했는데, 그러면 개인적인 성향에 따라 이태원이나 인사동을 다녀오거나, 당일치기로 경주 여행을 다녀오는 고객도 있었다. 영어로 대화가 되는 것이 그저 신기했다. 이 맛에 외국어를 배우는구나 싶었다.
단골인 재미교포 고객은 틈만 나면 우리에게 직업으로서 호텔 직원이 앞으로 대우가 더 괜찮아질 것이라며, 자부심을 가지고 일하라는 말을 해주었다. 당시에는 긴가민가하며 막연하게 '그런 날이 올까' 하고 생각했는데, 이제 와서 보니 경제가 발전할수록 호텔 업계가 성장할 것이라는 의미로 한 얘기였던 듯하다. 그런 고객들의 말 한마디 한마디가 알게 모르게 나를 붙잡아주었다.

호텔에서 일한다는 것

70~80년대까지만 해도 우리나라에서 호텔에 대한 인식은 그다지 좋지 않았다. 아무리 조선호텔이 특급 호텔이고, 당시 청바지를 입고서는 들어갈 수도 없는 유명 레스토랑 '나이스게이트'가 있고, 하룻밤 숙박료가 천만 원이 넘는, 외국의 대통령이나 국빈들이 묵는 방이 있어도 소용없었다. 고향에 사는 친척 아저씨는 내가 호텔에 취직했다고 하니 잘했다 하시면서도 끝말은 호텔에서 밥벌이가 되겠냐는 걱정이 한가득이었다.

80년대 초, 결혼하겠다고 처가에 인사를 갔을 때에도 처가 식구들은 예비 사위의 직업을 썩 반기지 않는 표정이었다. 호텔, 나아가 서비스업에 대한 이해나 인식 자체가 부족하던 시절이었다. 나도 호텔에서 일을 시작한 뒤에야 대학에 관광경영학과나 호텔경영학과가 있다는 사실을 알았을 정도였으니 말이다. 그 학과들이 생긴 것도 60년대 중후반이라고 했다.

40년 넘게 호텔 밥을 먹는 동안 우리나라 경제도 발전하고, 사회가 급변하면서 호텔에 대한 인식도 많이 달라졌다. 그런 사실은 일을 하면서 피부로 직접 느꼈다. 직원을 대하는 고객들의 태도가 달라졌고, 친척들이 나를 보는 시선도 달라졌으며, 입사 경쟁률도 높아졌고, 신입 직원들의 스펙도 점점 화려해졌다. 사실 내가 면접을 보던 당시 나에게 호텔은 새로운 직장 그 이상도 이하도 아니었다. 남들이 뭐라고 생각하는지는 중요하지 않았다. 공사 현장 일이 너무 힘들었고, 매달 단칸방 월세는 내야 하니 무슨 일이든 못할 것이 없었다. 깨끗한 환경에서 일하며 월급까지 받으니 그때는 몸이 힘들어도 버틸 만했다.
80~90년대로 넘어오면서 호텔리어라는 말이 쓰이기 시작하고 호텔의 황금기가 열렸다. 우리 호텔도 점차 시스템을 갖춰나가고 사내 교육도 늘어났는데, 나도 이 시기에 서비스업 종사자로서의 사명감이 더욱 커졌던 것 같다. 내 일에 내가 가치를 부여하고, 내가 한번 더 웃고, 내가 더 친절해지려고 노력했다. 지금도 그래야 한다는 생각에는 변함이 없다. 일을 하면서 호텔 직원들을 막 대하는 사람들 때문에 자존심이 상하는 순간도 많았지만, 요즘은 호텔에서 일한다는 자부심이 그 상처를 치유해주는 힘이라는 것을 느낀다.

門, 問, 聞 그리고 Door

언론에 몇 번 나온 뒤로 지인들이 나를 '전설의 수문장, 도어맨'이라 부르는데 사실 도어맨으로 일한 경력은 길지 않다. 페이지보이로 시작해 벨보이로 오래 일했고, 도어맨은 조선호텔 정년퇴직 전에 잠시, 그리고 중간에 잠깐씩 일해봤다. 입사 당시 도어맨은 언제나 듬직한 선배들의 자리였다.

내가 맡았던 여러 업무 중 가장 마음에 들었던 일이 도어맨이다. 내가 생각하기에 호텔 입구를 지키는 도어맨과 벨맨은 호텔의 꽃이다. 호텔의 모든 정보와 고객의 동정 등 호텔의 처음부터 끝까지 모든 것을 알고 있기 때문이다. 고객과 가장 먼저, 가장 많이 소통하며 고객의 불편 사항을 모두 해결하기에 고객과 더 가까워질 수 있는 자리다. 직업상 고객들에게 늘 관심을 갖다보니 고객들과 제일 먼저 인사를 나누고 친분을 쌓을 수 있는 최전선, 도어맨의 자리가 좋다.

내 이름에는 '문文'자가 들어 있는데, 항상 문門 앞을 지키고, 고객들에게 묻고問, 고객들의 말을 듣는聞 사람으로 살고 있으니 이것도 인연이라면 인연이지 싶다.

첫 국제 행사

벨맨으로 발령이 난 후 선배들에게 일을 배웠다. 처음에는 대기할 때의 자세나 표정 등을 하나하나 지적받았다. 호텔 직원은 특히 자세가 중요한데, 고객이 눈앞에 없을 때는 나도 모르게 자세가 흐트러지고 무표정한 얼굴로 바뀌기 일쑤여서 초반에는 혼이 많이 났다. 하지만 나이 차이가 많이 나는 선배 중에 고객을 모시는 방법 등 세세한 것들을 자상하게 가르쳐주는 선배도 있어 그 선배를 롤모델로 삼고 하나씩 배워나갈 수 있었다. 자세도 점차 좋아져 고객들에게 친절하다거나 응대 자세가 좋다며 칭찬을 받을 때에는 어깨가 으쓱 올라갔다.

호텔은 일반 객실 고객 응대가 기본이지만, 큰 외부 행사가 열릴 때 제일 바쁘고 모든 인력이 총동원된다. 내가 처음 경험한 국제 행사는 1979년에 열린 제28차 PATA(아시아태평양관광협회) 총회였다. 평생 그렇게 많은 외국인은 처음 봤다. 규모가 큰 국제회의여서 서울 시내에 외국인들이 가득했다. 호텔마다 준비를 많이 하고, 총력을 다해 행사를 치러냈다. 나도 부족하나마 영어로 고객들과 대화하며 영어 공부를 한 보람을 느꼈다.

잊지 못할 시험

자동차 번호판만 보면 습관적으로 숫자를 중얼거린다. 차 번호판의 숫자는 곧 사람 이름과 같다. 특히 대통령, 기업 CEO, 장관 등 특별히 기억해야 하는 차의 번호판 네 자리 숫자는 최대한 많이 외워야 했다. 의전이 전부였던 시대가 있었다. 오죽하면 도어맨과 벨맨을 대상으로 차 번호 암기 시험까지 봤을까. 한때 내가 가장 많이 외웠을 때는 350개 정도를 외우기도 했다. 그뿐만이 아니다. 외교관 차가 들어오면 차에 달린 국기만 보고도 어느 나라 외교관인지 재빨리 알아야 응대하기 수월하다. 그래서 국기도 외워야 했다. 학교 다닐 때도 외우지 않은 외국 국기를 외우려니 나도 그렇고 동료들도 머리가 아플 지경이었다.

자동차 번호는 거의 잊어버렸지만 그때 외운 국기들은 아직도 기억에 남아 있다. 가끔 손자 손녀들이 보는 책이나 TV에 다른 나라 국기가 나올 때면 누구보다도 자신 있게 나라 이름을 말할 수 있다. 세월은 가고 국기는 남았다.

2XX0
3XX8
9XX1
5XX5
6XX8

습관이 쌓여 자산이 되고

오래된 업무 습관이 하나 있다. 매일 아침 종이 신문을 두세 가지 정독하며 동정란을 체크하고 필요할 경우 인물 기사를 스크랩한다. 차 번호 외우기가 도어맨의 기본이라면 정계 인사나 기업 CEO 동정을 파악하는 것 또한 행사가 많은 호텔에서는 업무의 연장이라고 배웠다. 그래서 하루이틀 하다보니 이제 습관이 됐다. 기억력이 뛰어난 편이 아니라서 틈날 때마다 스크랩해놓은 걸 보고 또 본다. 매일 업무 개시에 앞서 그날 열릴 행사와 주요 고객의 리스트를 공유하고, 사진을 미리 보기도 한다. 차량 번호와 사람 얼굴, 이름 외우는 것은 기본으로 해야 했다.

지금은 예전에 비하면 과한 의전이 점점 줄어드는 분위기인 것은 맞다. 하지만 그것과는 별개로 고객들에게 행사장이나 객실을 제대로 안내하기 위해서는 자주 오는 고객과 정재계 인사들의 얼굴, 직함을 알아두면 그것 자체가 호텔리어의 재산이 된다. 내가 CEO들의 동정을 말할 때면 전경련 직원보다도 CEO들을 더 많이 알겠다고 평하는 사람도 있다. 어쩌겠는

가. 특급 호텔의 주요 고객이 정치인이나 CEO인 것을……
자기를 알아보고 누가 먼저 인사를 건네면 대개는 놀라면서 고마워한다. 간혹 그런 인사 자체를 부담스러워하고 싫어하는 분들도 있는데, 그럴 경우 고객의 그런 성향을 기억하고 직원들과 공유하기도 한다.
관심을 가지면 기억력이 더 좋아질까? 정확하게 연구를 해봐야 알겠지만 내가 경험한 바로는 '그렇다'이다. 건성으로 고객을 바라볼 때와 관심을 갖고 고객을 바라보고 유심히 관찰할 때는 기억력이 하늘과 땅 차이로 발휘된다고 믿는다. 머지않아 얼굴 인식 프로그램으로 누가 호텔에 도착했는지 알려주는 날이 올지도 모르겠지만, 아직까지는 고객의 얼굴을 인식하는 일은 직원들 개인의 노력에 달려 있다.

경험이 쌓여 디테일이 된다

논어에 '삼인행 필유아사三人行 必有我師'라는 말이 있다. 세 사람이 길을 가면 그중에 반드시 내 스승이 될 만한 이가 있다는 말이다. 나는 호텔을 방문하는 고객들이 '내 스승이 될 만한 사람必有我師'이라고 생각한다. 워낙 고객들의 성향이 다양하니 응대에 신경을 쓰다보면 하루에 한두 가지라도 서비스 노하우가 쌓이기 때문이다. 신입 시절 선배들에게 배운 노하우에 나의 경험이 매일매일 더해지고 있는 것이다.

덥거나 추운 날, 택시가 도착했을 때 무조건 문을 벌컥 열면 안 된다. 요즘은 카드 결제 후 영수증을 받기까지 몇 초 걸리기 때문에 잠시 기다렸다가 고객이 영수증을 받는 즉시 문을 여는 것이 좋다. 고객이 타고 왔던 택시 번호를 기억해두면 택시에 놓고 내린 물건이 있을 경우 빨리 찾을 확률이 높아진다. 고객이 택시를 타고 목적지로 출발할 때 내비게이션에 목적지 설정이 제대로 되었는지까지 도어맨이 분명히 체크해야 한다. 특히 외국인 관광객일 경우는 더더욱 그렇다. 비슷한 이름들이 많다보니 내비게이션에 목적지 설정 자체가 잘못되는 일도 있다. 서비스는 디테일이고, 책임이다.

나는 한 번이라도 우리 호텔을 방문한 고객은 최대한 특징을 기억하려고 노력한다. 기억이 곧 디테일한 서비스로 이어지기 때문이다. 특이사항 등 직원들이 공유할 필요성이 있는 정보는 호텔 내부의 '오페라'라는 프로그램 데이터베이스에 기록을 남긴다. 하지만 그 외에 경험으로 축적된 서비스들은 고객의 얼굴을 보면 자연스럽게 연상이 된다. 예를 들어 항상 차 안에서 신발을 바꿔 신고 내리는 고객의 경우 차가 정차한 후에도 잠시 기다렸다가 문을 연다. 고객의 성향에 따라 문을 닫는 세기도 달라진다. 문 닫히는 소리에 예민한 고객들은 각별히 더 신경을 쓰는 식으로 말이다. 그렇게 축적한 경험들은 동료들과 공유하면서 직원들의 서비스가 일정하게 제공될 수 있도록 했다.

정년퇴직하던 날

2013년 5월, 〈모닝와이드〉라는 프로그램에 출연했다. 제목은 '사람 속으로, 특급 호텔 36년 도어맨 은퇴하는 날'이었다. 처음에 홍보팀을 통해서 방송 제안을 받았을 때 고민하지 않고 수락했다. 방송에 나가고 싶어도 못 나가는 사람들이 얼마나 많은데, 그야말로 좋은 기회 아닌가. '카메라 울렁증'이라는 단어도 있지만, 다행히 나는 일하는 동안 사내 방송인 '신세계 방송' 촬영을 여러 번 해봐서 그런지 방송 촬영이나 카메라가 무섭다거나 하지도 않았다. 물론 사내 방송과 공중파 방송은 규모나 파급력 자체가 다르겠지만 피할 이유가 없었다.

1977년 입사해서 2013년에 정년을 맞아 퇴임했는데, 그 마지막 날 아침부터 촬영을 했다. 동료들도 인터뷰를 하고, 연회장에서 나름 성대하게 정년퇴임식 하는 장면도 찍었다. 평생 내 자리에서 묵묵히 일만 해와서 그런지 전 직원들의 시선을 한 몸에 받으며 앞에 나가 소감을 말할 때 엄청 떨렸던 기억이 생생하다. 그날만큼은 주목받는 기분을 최대한 즐겼다. 내가 정년퇴직하는 것을 어떻게 알았는지 퇴사한 후배 한 명도 꽃다

발과 선물을 들고 찾아와서 깜짝 놀랐다. 집에서 가족들이 모여 있는 모습도 촬영했는데, 조금 쑥스러우면서도 이 소중한 가족들 덕분에 내가 36년이나 일할 수 있었다는 생각에 뭉클하기도 했다. 방송 시작 부분은 내가 직접 내레이션을 맡았다.

"나는 도어맨이다.
어떤 이들은 이 직업을 감정 노동자라고 하지만
항상 웃을 수 있어서 행복하다.
그 행복했던 36년간의 시간
오늘 그 마침표를 찍으려고 한다."

방송이 나간 뒤 지인들로부터 연락을 많이 받았다. 전혀 모르는 분들도 호텔로 직접 전화를 해서 방송 잘 봤다며, 대단하다, 감동받았다고 말하는 분들도 꽤 있었다. 시청률 높은 공중파 아침 방송의 위력이 실감났다.

후배들이 나의 힘

흔히 사람이 재산이라고 한다. 나한테는 같은 업계에서 일하는 후배들이 곧 나의 힘이고 재산이다. 든든하다. 가끔 정보를 나누고 서로 돕고, 안부를 물을 때면 오랫동안 호텔 업계에 발을 담근 동지애를 느끼곤 한다.

정년퇴직하던 날 후배(이하 A)가 꽃다발과 선물을 들고 찾아왔다. A가 퇴사한 후 오랫동안 따로 챙기지도 못했는데 어떻게 알고 찾아왔는지 깜짝 놀랐다. A는 당시 강남의 한 호텔에서 총지배인으로 일한다고 했다. 특별한 날, 갑작스러운 방문은 때로 몇 배의 감동을 주기도 한다. 방송 촬영 후 케이크를 사 들고 A가 일한다는 호텔에 찾아갔다. 오랜만에 회포를 풀면서 정년퇴직하던 날 와줘서 정말 고맙다는 마음도 전했다.

또 기억에 남는 후배(이하 B)가 있다. 큰 호텔은 인천공항에 직원들을 파견하는데, 공항에서 오래 일한 B에게 나는 호텔로 들어와서 일하는 게 어떠냐고 계속 제안했다. 미래를 생각하면 호텔에서 배워야 할 일이 많기 때문이다. 마침 인사팀에서도 일 잘하는 B에게 기회를 주어 B는 호텔로 들어왔다. 강도 높은 업무에 한동안 나를 원망하기도 했지만 적응 후에는 안정을 되찾아갔다. 그러던 어느 날 한 장례식장에서 B가 만취해 호텔 임원에게 추태를 부려 막내 직원과 내가 말리느라 혼쭐난 일도 있었다. 요즘 말처럼 부끄러움은 우리의 몫이었다. B를 타일러 정중히 사과를 하게 한 후 집으로 보냈다. B는 지금 서울의 한 호텔에서 총지배인으로 성실하게 일하고 있다.

당당함은 나의 몫

〈모닝와이드〉 촬영 날, 정년퇴직을 하면서 마지막으로 후배 벨맨과 도어맨들에게 해주고 싶은 말이 있으면 하라고 했다. 나는 후배들에게 웃는 모습과 당당한 모습을 항상 유지하라고 얘기해주었다. 모든 서비스업 종사자들이 그렇겠지만 호텔 직원이라면 기본적으로 웃는 인상이어야 한다. 그리고 당당한 모습을 유지하라는 말은 고객을 친절하고 따뜻하게 대하되 내적으로는 항상 모든 인간은 같다는 생각으로 스스로를 소중하게 여기라는 의미였다.

당당하라고 해서 괜히 어깨에 힘을 주거나 고객에게 당당하게 맞서라는 의미가 아니다. 특급 호텔에 근무하다보니 신입 시절에는 하루 객실 요금만 봐도 나도 모르게 주눅이 들곤 했다. 그것도 잠시, 시간이 지날수록 적응도 되었고, 세상에는 나와는 다른 세계에 사는 사람이 많다는 사실을 인정하게 되었다. 현실이 그럴지라도 마음만큼은 그 누구보다 당당하게 갖고 늘 반듯하며 떳떳한 태도로 일하려고 노력해왔다.

겨울도 아닌데 어깨가 움츠러들려고 할 때마다 마음속 당당

함의 힘으로 어깨를 한번 쭉 펴보는 거다. 후배들도 그러기를 바란다.

손님은 손님이다

손님이 왕이던 시절이 있었다. 솔직히 말하면 신입 사원 때, 겉으로는 고객을 왕처럼 모시고 돌아서서는 동료들과 함께 고객 흉을 보기도 했다. 반성한다. 지금은 생각이 완전히 달라졌다. 손님은 손님이고, 좋은 고객과 나쁜 고객이 따로 없다. 고객은 우리에게 월급을 주는 사람들이며, 모든 고객에게 똑같이 최선을 다해 서비스하려고 노력한다. 그런 생각의 변화 덕분에 지금은 훨씬 마음이 편하다.

고객들은 정말 다양하다. 직원들에게 인기를 얻고자 하는 고객, 부유함을 표출하려는 고객, 자신의 인맥을 자랑하려는 고객, 호텔 직원들을 무시하는 고객, 직원들과 가까워지려 노력하는 고객…… 100명이 있으면 100명의 성향이 모두 다르기 때문에 호텔 직원들은 고객의 성향에 따라 응대를 한다. 90년대에 태국과 싱가포르 호텔에서 일주일씩 근무한 적이 있는데 거기에서도 소위 말하는 '갑질' 고객을 많이 봤다. 세계 어디에나 자신의 권리를 강하게 요구하는 고객은 있다고 생각하니 '애정 고객'들을 대하기도 점차 수월해졌다.

최근에는 감정 노동자 보호법이 생겨 정기적으로 교육을 받기도 한다. 사회적으로 분위기가 예전하고는 확실히 달라져서 호텔 직원들을 '막 대하는' 고객은 점차 줄어들고 있는 것 같다. 하지만 얼굴을 보지 않는 전화 상담(콜센터)까지 포함하자면 물론 아직 갈 길이 멀긴 하다. 고객은 호텔 직원들을 말 그대로 직원으로 대해주고, 호텔에서는 고객들을 말 그대로 고객으로 대하며 서로 선을 넘지 않고 적당한 거리를 유지하는 것이 가장 바람직한 관계가 아닐까 싶다.

자세, 기본이자 전부

서비스업 종사자들은 누구나 자세에 대한 지적을 받아보지 않았을까 싶다. 나도 한두 번 지적받아본 게 아니다. 손님이 없을 때 대기 자세가 좋지 않다고, 무표정하게 서 있다고, 웃지 않는다고, 인상이 좋지 않다고 여러 번 지적을 받았다. 지적하는 방법도 다양하다. 어떤 고객은 프런트에 항의를 하고, 어떤 고객은 체크아웃 후에 평가 메일에 후기를 남기고, 어떤 고객은 전화로 항의하고, 어떤 고객은 그 직원에게 직접 말을 한다. 사실 지적을 받으면 누구라도 기분이 좋지 않다.

그야말로 자세와의 전쟁이다. 신입 사원 교육부터 시작해서, 매일 매일 일하면서도, 직원 교육에서도 항상 자세에 대해 배운다. 인사법을 배우고, 말하는 연습을 하며, 연수원 교육에서는 기본 사항을 통과할 때까지 무조건 연습해야 한다. 호텔 직원들에게 자세는 기본이자 전부라고 해도 과언이 아니다. 특히 전 직장인 웨스틴조선호텔 신세계 연수원에는 교육 프로그램이 아주 잘되어 있었는데, 여러 사람 앞에서 20분 정도 강의를 하고, 그 모습을 촬영해 모니터링하면서 말하는 모습이나 태도를 객관적으로 볼 수 있는 프로그램도 있었다. 당시에는 아주 어색하고, 쥐구멍을 찾고 싶은 심정이었지만 지나고 보니 자세를 바르게 하는 데 큰 도움이 되었던 것 같다.

신입 사원들은 특히 긴장을 많이 한다. 왜 안 그렇겠는가. 근무 시간에는 언제 어떤 상황에서 고객이 나를 쳐다볼지 모르기 때문에 더 긴장된다. CCTV가 100개쯤 달려 있는 곳에서 일하는 기분이다. 눈앞에 고객이 있든 없든 항상 바른 자세와 여유 있는 표정을 유지해야 한다. 신입 시절에는 힘들다. 어느 정도 세월이 흘러야 노련함이 몸에 밴다. 물론 가끔 서비스업이 천직이라 여겨질 정도로 태도나 표정, 목소리가 타고난 직원들도 본다. 그런 극소수의 직원을 제외하고는 나를 포함해 대부분 후천적인 노력이 필요하다.

출근해서 부서원들의 얼굴을 보면 집에 무슨 일이 있다거나 컨디션이 나쁘다거나 하는 상황이 다 읽힌다. 그럴 때는 무슨 일이 있는지 물어보고 최대한 표정 관리를 잘하라고 조언한다. 자칫 표정이 밝지 않다며 고객의 지적까지 받을 경우 그렇

잖아도 심란한 마음이 더 나빠질 수 있기 때문이다. 나 역시 어머니 장례를 마친 후 출근해서 웃으며 고객을 응대해야 할 때 너무나도 고통스러웠다. 목구멍이 포도청이었다. 요즘 말로 '먹고사니즘'이라던가. 아프고 힘들어도 무대 위에서 사람들을 웃겨야 하는 개그맨처럼 서비스업 종사자들도 매일 무대 위에 선다.

15, 30, 45

인사라는 게 참 묘하다. 인사는 언어다. 책으로 치면 표지이고, 사람 관계에서는 첫인상을 좌우한다. 처음만큼 끝도 중요하다. 어떤 사람들은 끝인사를 더 중요하게 여긴다. 들어오는 손님한테 인사하듯이 나가는 손님한테도 곡진하게 인사한다면 잘 모르긴 해도 그 가게는 최소한 몇 달 안에 문 닫을 일은 없을 거라고 믿는다. 호텔에서도 고객 마중만큼 중요하게 강조하는 것이 고객을 배웅하는 인사다.
누구나 인사는 하고 살지만 인사하는 '법'에 대해서는 배울 일이 거의 없는 듯하다. 나는 호텔 일을 시작하고 나서 처음 배웠다. 손님들에게 거수경례를 하던 시절도 있었지만 80년대로 넘어오면서 거의 머리를 숙이는 인사만 하게 되었다. 때와 장소, 상황에 따라 가벼운 목례를 하거나 허리를 15도 숙일 때, 30~45도 숙이며 인사할 때가 있다. 처음 오는 고객인지, 단골 고객인지, 재방문하는 고객인지, 들어오는 길인지, 나가는 길인지, 체크인 고객인지, 레스토랑 방문 고객인지에 따라 인사할 때 하는 말도 달라진다. 심지어 2층 이상에서 만난 경우에도 인사말이 다르다. 사회생활에서는 인사만 잘해도 절반은 성공이라는 말이 있는데, 호텔에서는 절반 이상이다. 아니, 어떨 때는 인사가 전부인 듯 여겨질 때가 있다. 고객들도 그만큼 '인사'라는 것에 비중을 두기 때문이다. 인사할 때의 자세는 물론이고 말투와 목소리(목소리에도 온도 차이가 있다), 손짓 하나까지도 호텔리어들에게는 '언어' 그 자체다.

인사를 연습하면 허리가 진짜 아프다. 어차피 매일 500번 넘게 하는 인사, 한번 인사의 달인이 되자고 결심하니 마음이 한결 편해졌다. 그런 마음으로 버텨온 세월이다. 인사 잘하는 사람을 싫어하는 이가 있을까? 직원들 사이에서도 인사를 잘하는 직원이 훗날 보면 이미지도 평판도 좋았다.

이순신 갑옷

호텔리어나 스튜어디스 등 유니폼을 입는 서비스 직종에 대해 멋있다거나 긍정적으로 이야기하는 사람들이 있다. 호텔 유니폼은 시대 변화에 따라 주기적으로 교체된다. 학교는 교복을 학생들의 투표로 정하기도 한다던데 예전에 우리는 정해진 대로 입다보니 가끔은 유니폼 때문에 불만이 생기기도 했다. 심지어 안타깝게도 유니폼이 퇴사 사유가 되기도 했다.

언제인지 정확하게 기억은 나지 않지만 조선호텔 유니폼이 이순신 장군을 연상시키는 빨간 갑옷 형태로 바뀐 적이 있다. 문 앞을 책임지는 도어맨들은 마치 고궁 앞에서 왕궁 수문장 교대식을 재연하는 아르바이트생처럼 어색하게 서 있어야 했다. 정말 그 옷 때문인지, 마침 그만두려고 했던 타이밍이었는지 정확하지는 않지만 두 명이 도저히 갑옷 유니폼을 못 입겠다며 퇴사하고 말았다.

유니폼을 제작할 때 실제로 입을 사람들 의견을 한번쯤 들어보고 결정했더라면 어땠을까…… 광화문 광장의 이순신 동상을 볼 때면 그 갑옷 유니폼이 떠오르곤 한다.

팁과 백색전화

1980년대에 들어 팁 제도가 금지되었다. 그전까지만 해도 팁은 호텔 직원들에게 제2의 월급이었다. 선배들 중에는 누가 팁을 모아 집을 샀다는 이야기가 공공연히 돌 정도였다. 그럴 만도 한 것이 팁 이야기만 나오면 빠지지 않는 인물이 있다. 사우디아라비아 왕자와 수행원들인데 70년대 후반에 호텔 직원들한테 100~200달러를 팁으로 주었다. 당시 가치로 따지면 두 달 치 월급에 가까운 돈이었다.

1970년대에는 전화기가 일명 '백색과 청색'으로 나눠져 있었다. 백색은 이사를 가도 가지고 갈 수 있는, 양수양도가 가능한 전화 가입권이었고, 청색은 매매가 불가능했다. 당연히 백색이 비쌌고, 그 색깔만으로 부(富)를 상징했다. 신입 시절, 나는 간신히 청색전화를 집에 연결하고 무지하게 뿌듯해했는데, 알고 보니 집에 백색전화를 가진 선배들도 꽤 있었다. 그야말로 '팁 호황기'를 누린 선배들이었다. 보안팀 직원 중에도 거의 1년 치 연봉에 가까운 돈을 팁으로 받아 직원들의 부러움을 산 사람이 있다.

국가적으로 팁이 금지된 이후에는 호텔 이용 요금에 서비스 차지Service charge라는 봉사료가 세금과는 별도로 붙었다. 웨스틴조선호텔에서는 매월 그 돈을 모아 직원들에게 똑같이 나눠주었다. 팁은 사라졌지만 직원들한테는 그 봉사료가 팁과도 같았다. 혹시라도 고객이 팁을 주면 누구에게 언제 얼마를 받았는지 사내 윤리위원회에 신고를 해야 했다. 신세계에서 조선호텔을 운영한 뒤부터는 윤리적인 면을 특히 강조했기 때문에 더더욱 팁이라는 단어는 추억 속에 묻어야 했다.

팁이 전면 금지된 이후에도 일부 직원들이 팁을 받아 감사팀이 조사에 나선 적도 있다. 조사 결과 실제로 여러 명이 고객으로부터 팁을 받았고, 해당 직원들은 끝내 회사를 떠나야 했다. 그 사건 이후 담당 임원은 다른 업장으로 발령이 났고, 팀장은 직급이 강등되었다. 나 또한 1년 가까이 감봉을 당해서 월급날마다 아내의 한숨이 깊었고 몹시 어려운 시절을 보내야 했다. 징계를 통보받은 날이 하필이면 크리스마스 즈음이어서 더 우울했던 기억이 난다. 함께 즐겁게 일하던 동료들이었는데 텁 사건 이후로 오해와 원망이 깊어져 아직도 마음 한구석에 안타까웠던 기억으로 남아 있다.

미디어의 힘

선배들에게 혼쭐이 많이 나긴 했지만, 물론 모든 선배가 호랑이 같았던 것은 아니다. 2019년 〈조선일보〉 인터뷰가 나간 후 집으로 전화가 한 통 걸려왔다. 신문을 보고 연락한다고 했다. 2013년에도 TV에 출연한 뒤 호텔로 전화가 가끔 왔다. 일면식도 없는 사이지만 주로 방송 잘 봤다며, 감동받았고, 응원한다는 말을 해주곤 했다. 최근에는 직접 호텔을 찾아와서 악수를 청하고, 같이 사진을 찍어도 되느냐고 하는 젊은 친구들도 여러 명 있었다. 이번에도 그런 전화인가 싶었는데 알고 보니 신입 시절에 같이 일한 선배였다. 10년 넘게 연락이 끊겼다가 인터뷰 기사를 본 뒤 호텔에 내 연락처를 물어 전화를 걸어온 것이다.

이 선배가 바로 임시직으로 입사했던 나에게 업무 스킬은 물론 영어 공부를 체계적으로 꾸준히 하라며 자상하게 조언해준 사람이었다. 호텔에서 많이 쓰는 영어 표현, 특히 높이는 표현은 손수 써주면서 외우라고 알려주기도 했다. 또, 당시는 신입 사원 교육이 따로 없어서 어깨너머로 일을 배우느라 하루하루 눈치만 늘어갔는데 디테일하게 일을 알려주고, 솔선수범하는 모습도 보여주었다. 선배가 다른 부서로 발령이 나는 바람에 우리가 같이 일했던 기간은 1년도 채 되지 않았지만 오랫동안 마음속에 롤모델로 남아 있는 선배였기에 목소리가 더 반가웠다. 새삼 미디어의 힘을 다시 한번 실감한 순간이었다. 조만간 선배와 만날 날을 기대하고 있다.

여권, 그것이 문제로다

눈비가 세차게 몰아치던 10여 년 전 어느 겨울날, 체크아웃 후 호텔에 여권을 놓고 간 고객을 위해 직접 김포공항으로 차를 몰고 달려가 여권을 전달한 일이 있다. 이 고객과는 인생의 친구가 되었다.

고객들 중 택시에 가방이나 휴대폰을 놓고 내리는 경우가 정말 많다. 가방에 여권까지 들어 있으면 더 낭패다. 특히 외국인들은 사색이 되어 발을 동동 구른다. 그럴 때면 재빨리 택시 영수증을 확인하고 연락한다. 영수증을 안 받았다고 하면 곧바로 CCTV를 확인해 택시 번호를 알아낸다. 여권이 든 가방을 되찾는 순간 고객들은 세상을 다 가진 얼굴이 된다. 물건이 없어진 사실을 빨리 알수록 찾을 가능성도 커진다.

첫째도 여권, 둘째도 여권, 셋째도 여권이 문제다. 잘 챙기자!

한식 맛집

한류 바람을 타고 '맛집'이나 '먹방' 같은 우리말 신조어도 외국에 널리 알려졌다고 한다. 실제로 외국인 관광객들이 나를 비롯한 우리 호텔 컨시어지 직원들에게 가장 많이 물어보는 것도 '한식 맛집'이다. 이미 매체나 입소문을 통해 외국인들한테도 널리 알려진 맛집들이 있지만, 여러 번 서울을 방문한 고객에게는 이미 알려진 곳 외에 어떤 '핫'한 곳들이 있는지를 알려주어야 한다. 그동안 정리해서 모은 리스트만 해도 책 한 권으로 족히 만들 수 있는 분량이다. 매달 컨시어지 직원들이 명동, 이태원, 종로, 강남 등을 직접 돌면서 이용 시간이나 가격, 위치 등을 확인한다. 부동산으로 치면 '확인 매물'이다. 아무리 알려진 식당이라고 해도 발로 뛰어서 얻은 정보는 인터넷상의 정보와 수준 자체가 다르기 때문에 정보를 업데이트하고, 끊임없이 새로운 식당을 추가해줘야 한다.

여의도 콘래드 서울 근처에 있는 '사계절김치찌개' 식당은 특히 동남아 고객들에게 인기다. 가성비가 훌륭하고, 순두부찌개나 삼겹살도 있다. 지극히 한국적인 메뉴들이라 외국인들에게 더 인기인 것 같다. 삼계탕을 좋아하는 중국인들에게는 서촌의 '토속촌'이 널리 알려져 있다. 여의도에서는 색다르게 '닭한마리' 메뉴를 권한다. 미쉐린으로부터 별을 받은 식당을 찾는 고객에게는 롯데월드타워의 '비채나'를 추천하고, 코리안 바비큐를 찾는 고객에게는 서울 주요 관광지마다 지점이 있는 프랜차이즈 '흑돈가'를 알려준다. 2020년 6월 기준이다. 다음에는 추천 식당이 또 달라질 수도 있다.

호텔과 택시

보통 도어맨은 경력이 좀 있는 직원이 맡는다. 고객 응대도 그렇고, 택시 기사 대부분이 연령대가 높다보니 기사님들을 상대하려면 소위 말하는 '짬밥' 좀 먹은 사람이 필요하다. 떼려야 뗄 수 없는 관계가 바로 호텔과 택시다.
가끔 호텔 직원이 택시 기사와 언쟁을 높이기도 한다. 가장 빈번한 문제는 바가지요금이다. 예전보다 줄었다고 해도 아직 갈 길이 멀다. 도어맨들은 미터기에 찍힌 요금만 봐도 택시가 김포공항에서 왔는지 인천국제공항에서 왔는지 안다. 가끔 인천공항에서 왔다는데 터무니없는 요금이 찍혀 있는 경우를 본다. 공항에서 여의도 콘래드 서울까지 9만 원을 받으려는 콜밴도 있었다(콜밴은 모범택시와 요금이 같으므로 인천공항에서 여의도까지 3만 원대가 나온다). 일부러 먼 길로 돌아오거나 외국인의 말을 잘못 알아듣고 다른 호텔로 돌고 돌아오는 사례도 있다. 결국 피해는 택시 고객, 즉 호텔 고객에게 고스란히 돌아간다. 나는 아무리 외국인이라 해도 언젠가 본인이 요금을 두세 배 냈다는 사실을 알게 되면 한국의 이미지가 나빠지지 않겠느냐며 기사를 설득한다. 그래도 안 되면 신고하겠다고 말할 수밖에.

두번째로 자주 언성이 높아지는 원인은 승차 거부다. 콘래드 서울에서 국회의사당은 거리가 가깝다. 그래서 대놓고 거부하거나 인상을 팍 구기고, 심할 경우 욕을 하기도 한다. 도어맨이 택시를 부른 후 승객이 목적지를 말했는데 바로 도망가버린 택시도 있었다. 아무것도 모르는 외국인들은 기사의 표정과 상관없이 그저 웃으며 택시를 탄다. 부끄럽고 미안할 때가 많았다. 그럴 때 나는 적극적으로 기사님들께 말하는 편이다. 다음에 우리 호텔 고객이 공항을 갈지, 대전까지 갈지는 아무도 모르기 때문에 이럴 때도 있고, 저럴 때도 있는 것 아니겠냐고.

물론 친절한 택시 기사도 많다. 고객이 놓고 내린 휴대폰을 고객이 찾기도 전에 먼저 호텔로 가져다주는 고마운 분도 있었다. 하지만 아직도 의식과 행동이 변하지 않은 몇몇 기사 때문에 택시 기사님들 전체가 욕을 먹기도 한다. 안타깝다.

우버, 카카오택시, 타다

호텔에서 불러주는 택시나 모범택시, 렌터카가 전부이던 시대가 저물었다. 최근 한때 서울 시내는 물론 호텔 입구마다 '타다'라고 적힌 하얀 차가 자주 보였다. 몇 년 전부터는 외국인 고객들이 우버 앱으로 차를 직접 불러 이용하곤 했다. 한국에 오래 살았거나 시스템을 잘 아는 외국인들은 카카오택시 앱을 쓰기도 한다. 모범택시보다 더 높은 등급의 고급택시도 호텔 앞에 종종 온다.

이제는 차 좀 불러달라는 고객들의 요청이 눈에 띄게 줄었다. 고객이 차를 불러달라고 하면 콜택시 회사 여러 곳에 전화를 걸어 차를 부르던 일도 추억 속으로 사라지고 있다. 다만 안타깝게도 멀리 갈 때는 택시들이 서로 오려고 하지만 가까운 곳을 갈 때는 택시 잡기가 더 어려워져서 고객이 우리에게 요청하는 경우도 있다. 카카오택시 앱은 목적지를 먼저 설정하는 시스템이라 기사들이 고객을 선택할 수 있기 때문이다. 합법적인 승차 거부다. 그래서 고객들이 택시를 못 잡을 경우 급할 때는 우리 직원들이 여의도 큰길에 나가 택시를 잡아주기도 한다. 목적지가 어디냐고 기사가 물으면 직원들은 한결같이 모른다고 대답한다. 말하는 순간 택시가 가버릴 걸 알기에……

모든 기사가 손님을 태우고 멀리 가고 싶어한다. 나라도 그럴 것이다. 하지만 세상이 변했고, 택시의 경쟁 상대도 늘어났다. 오히려 나중에는 가까운 곳만 가는 택시가 등장할지도 모르겠다. 바로 그런 것이 차별화된 서비스 아닐까. 앞으로는 호텔 앞에서 택시 기사와 도어맨이 실랑이하는 일이 점점 줄어들기를 바랄 뿐이다.

추위와의 전쟁

여름과 겨울 중 언제가 더 일하기 힘드냐는 질문을 종종 받는다. 생각할 것도 없이 겨울이다. 사방이 트인 바깥에서 일하다 보니 언제나 겨울이 제일 두렵다.

지금 일하는 곳에는 로비에 난로가 두 개나 있고, 핫팩도 많지만 70~80년대에는 그런 것도 없이 추위와 싸워야 했다. 내복은 필수다. 점차 기술이 좋아지면서 새로운 방한용품이 많이 나왔는데, 특히 충전식 발열 조끼를 처음 봤을 때 정말 신기했다. 곧바로 회사에 사달라고 해서 벨맨과 도어맨들에게 나눠주었다. 등에 땀이 날 정도로 따뜻했다. 우리처럼 야외에서 일하는 사람에게는 정말 요긴한 아이템이다.

기후변화 때문에 눈이 예전보다 적게 내리고 평균 기온은 올라가지만 한파는 더 잦아지는 느낌이다. 외국인 고객이 몽골보다 서울이 더 춥다며 혀를 내둘렀으니 말 다했다.

최근에는 충전식 발열 양말도 나오는 모양인데 앞으로 후배들이 일할 때는 사용하기 편하고 따뜻한 방한용품이 더 많이 나오면 좋겠다. 건물을 설계할 때 고객이 도착하고 출발하는

HOTEL

호텔 입구를 칼바람이라도 피할 수 있게 고려해준다면 더 좋겠고.

의전, 환대와 수발 사이

2019년 SBS 스페셜 〈의전, 환대와 수발 사이〉 편에 잠깐 출연했다. 의전 문화가 달라진 요즘, 호텔이나 직장 등 사회 전반적으로 의전에 대한 인식이나 문화가 실제로 어떻게 달라졌는지를 보여주는 프로였다.

70년대는 장관급 정도 되는 인물이 호텔을 방문할 때도 시청 앞 교통을 통제할 정도로 그야말로 의전이 하늘을 찌르던 시대였다. 사우디 왕자나 미국의 조지 슐츠 전 국무장관이 호텔을 방문했을 때도 차량 통제와 레드카펫은 기본이었다. 지금은 상상도 할 수 없는 일이다. 국가적인 환대가 필요한 경우가 아니라면 요즘은 아무리 높은 직급이라 해도 소리소문없이 조용히 행사에 참여하고 돌아가는 분위기다.

허리를 얼마나 숙였느냐가 아니라 평범하면서도 편안하게 모시는 서비스, 진심어린 마음에서 상대방을 존중하는 서비스, 그것이 진정한 의전이라고 생각한다.

도자기를 찾아라

고객의 도자기가 깨졌다. 벨맨들은 고객의 물건을 안전하게 방까지 옮겨주는데, 직원 한 명이 실수로 도자기를 깨트린 거다. 외국인 고객이 여행중에 산 도자기였다. 고객은 비싸다고만 이야기하고, 영수증이 없다고 했다. 3~4일 후 출국 예정이라며 그전에 똑같은 제품을 사올 것을 요구했다. 정말 죄송하다고 사과하고 팀원들이 이틀 동안 인사동과 그 외에 골동품 파는 곳들을 샅샅이 뒤지며 똑같거나 비슷하기라도 한 도자기를 찾아다녔다. 하지만 도자기를 사러 나간 직원들은 계속 허탕만 치고 돌아왔다.

체크아웃 날짜는 하루 앞으로 다가오고, 매니저이던 나를 포함한 직원들은 속이 타들어갔다. 월급으로도 감당할 수 없을 만큼 값비싼 도자기라거나 고객이 호텔에 강하게 불만을 제기할 경우의 후폭풍도 두려웠다. 마지막으로 내가 직접 도자기를 찾아 나섰다. 청계천이며 인사동을 다 돌았지만 나 역시 비슷한 것조차 찾지 못했다. 그러다가 하늘이 도왔을까. 허무하게도 혹시나 해서 들어가본 생활용품점 D가게에서 똑같은 도

자기를 발견했다. 값은 매우 저렴했다. 외국인 고객은 똑같은 물건이라며 기뻐했다. 지금 생각하면 이것도 추억이지만 당시에는 정말 아찔했다.

고객의 물건을 옮기다가 손상시키는 일은 종종 벌어진다. 최대한 조심해서 옮기려고 노력해도 아차 하는 사이에 뭔가 사달이 난다. 주로 술병 같은 유리가 잘 깨진다. 비용이 크지 않으면 직원이 직접 배상하고 조용히 넘어가는 경우가 대부분이다. 매우 고가의 물건이 망가지면 직원들은 경위서를 써야 하고, 배상 부분은 회사의 도움을 받아 해결한다. 값이 나가는 것이 망가졌어도 괜찮다며 넘어가는 고객이 있는가 하면 작은 것 하나로도 호텔에 불만을 제기하는 고객도 있다. 속상한 고객들 마음은 백번 이해하지만 그런 사건들이 인사 고과와 직결되는 직원 입장에서는 일이 커지는 것이 달갑지는 않다.

지금까지 내가 망가뜨린 고객의 물건 중에 제일 기억에 남는 것은 우산이다. 초보 벨맨 시절, 짐을 옮기던 중 긴 우산이 문에 끼어서 부러지고 말았다. 내 눈에도 꽤 좋아 보이는 우산이었다. '좀더 조심했어야 하는데' 하고 후회해보아도 이미 엎질러진 물이었다. 정중하게 사과드리며 우산 값을 드렸다. 그 고객과는 지금도 연락하며 지낸다. 우산이 맺어준 인연이다.

호캉스 전성시대

아장아장 걷는 아기들이 호텔 로비에서 넘어지고 일어서고 걷기를 반복한다. 아이들의 웃음소리나 울음소리가 로비를 가득 채울 때 특히 휴가철이라는 게 실감난다. 유아들에게는 시원한 '뽀로로 음료수'가 인기 만점이다. 신조어 '호캉스'가 이제는 대중적인 언어가 되었다. 호텔에서 바캉스를 보낸다는 뜻인데, 해마다 휴가나 연휴 시즌에 호캉스를 즐기려는 고객들이 점점 늘어나고 있다. 외국에서는 호텔에서 휴가를 보내는 것을 '호텔 스테이케이션Hotel Staycation'이라고 한다.

유아들의 방문이 늘어나면서 호텔 도어에서는 유모차를 접어서 싣거나 내려서 펼치는 풍경도 자주 볼 수 있다. 아이가 차에서 잠이 들었을 때는 푹 자고 일어날 때까지 차를 세워두고 기다리는 부모들도 있다. 불과 10년 전까지만 해도 보기 힘든 풍경들이었다. 호텔이 대중화되고 문턱이 낮아졌다는 것을 해마다 실감하는 중이다.

시대가 변했다는 건 호텔 1층으로 몰려드는 배달 오토바이를 볼 때 더욱 실감난다. 주말과 공휴일 저녁 시간이 제일 붐빈다. 치킨, 회, 꼬치, 떡볶이, 피자, 김밥, 순대, 라면 등 배달 음식의 종류도 다양하다. 고객이 정문 밖에서 음식을 받아서 올라가는 것이 원칙이다. 그런데 워낙 차가 많이 오가는 곳이어서 안전사고 위험이 있다보니 고객을 기다리는 배달원과 도어 직원들이 옥신각신하는 일이 종종 있었다. 최근에는 그런 혼란을 막기 위해 아예 호텔 1층에 배달 오토바이 지정 장소를 마련해놓았다. 음식이 아닌 헬륨 풍선의 경우 직원이 동행하여 객실까지 운반을 돕는다. 배달 음식은 아무래도 비닐과 플라스틱, 음식물 쓰레기 등이 많이 나오는데, 객실에 두어도 되고, 고객이 요청할 경우 직원이 24시간 치워주고 있다.

바야흐로 호캉스 전성시대가 왔다. 더불어 배달 전성시대도.

열고 또 닫고

40년 넘게 일하는 동안 발레파킹을 하느라 포니에서부터 티코는 물론 벤틀리, 페라리, 마이바흐까지 안 몰아본 차가 없다. 차문은 하루에 수백 번 열고 또 닫는다.

도어맨과 차는 뗄 수 없는 관계다. 고객이 내리고 탈 때, 자동차의 문을 열거나 닫아주는 것은 도어맨의 역할 중 하나다. 신입 시절에는 감각을 익히기 위해 주차장에서 차문을 열고 닫는 연습을 몇 시간이고 했다. 차에 따라 소리도 제각각이어서 최대한 여러 종류의 차들로 테스트도 해보았다. 무게감 때문에 그럴지도 모르겠지만 소형차일수록 쇠 부딪히는 소리가 났고, 고급차로 갈수록 문이 조용하고 부드럽게 닫혔다. 지금은 자동으로 문이 닫히는 차들도 있어서 그럴 때마다 격세지감을 느낀다.

2013년 콘래드 서울에 입사한 후에도 도어에서 일하는 직원들에게 차문을 여닫는 것, 문을 닫은 후 인사하는 법 등 기본적인 것을 가르쳤다. 누군가는 대수롭지 않게 여길 수도 있지만 도어맨들의 행동 하나하나 그 자체가 서비스이자 고객의 만족도나 안전과 직결되기 때문이다.

도어맨에게는 힘 조절과 타이밍이 생명이다. 특히 덥거나 추운 계절에는 고객들이 더 예민하다. 택시를 타고 왔을 경우 재빨리 미터기에 찍힌 요금을 본다. 대략 금액을 보면 공항에서 온 고객인지를 알 수 있어서 그에 맞게 대응할 수 있다. 고객이 택시요금 영수증을 받은 순간 차문을 열면 베스트 타이밍이다. 너무 빠르거나 늦게 문을 열어도 낭패다. 문을 열었는데 고객이 차 안에서 문을 확 잡아당기는 경우도 있다. 아직 내릴 준비가 안 되었다는 말이다.

요즘은 짙게 선팅한 차들이 대부분이라 내부가 잘 보이지 않기 때문에 타이밍 맞추기가 더 쉽지 않다. 차량 번호를 아는 단골 고객들은 차라리 쉽다. 고객마다 문 여는 타이밍이 정해져 있기 때문이다. 특히 자동차 문을 닫을 때 그 둔탁한 소리에 예민한 고객들도 많아서 각별히 신경을 써야 한다. 모 회장님의 경우 비서가 미리 차문을 어떻게 닫으라고 이야기해주는 경우까지 있었다.

TAXI

조선호텔에서 일할 때 직원 한 명이 큰 실수를 한 적이 있다. 고객이 한쪽 발을 미처 차에 올리기 전에 문을 닫아버린 것이다. 다행히 고객이 크게 다치지는 않았고, 자주 뵙는 분이어서 소란스럽지 않게 넘어간 기억이 난다. 그 사건 이후로는 나도 한번 더 확인한 후에 차문을 닫고, 후배들한테도 조심하라는 말을 수시로 해주었다. 다시 생각해도 아찔한 실수다.

다시 문 앞으로

정년퇴직 후 처음 맞는 여름휴가였다. 퇴직을 기념해 오래전부터 계획했던 여행을 떠났다. 멀리 동유럽까지 나선 여행이었다. 그림 같은 풍경들에 빠져 있다가 호텔에 돌아와서 보니 휴대폰에 부재중 전화가 찍혀 있고, 메시지도 여럿 들어와 있었다. 조선호텔에서 같이 일했던 직원이었는데 뭔가 다급함이 느껴졌다. 전화했더니 콘래드 서울 도어 쪽에 직원이 필요하다고, 조금 급하다고 했다. 콘래드 호텔이라면 100년 역사가 넘은 '힐튼'의 럭셔리 브랜드였다. 다시 도어맨으로 일한다는 것은 상상도 못했던 터라 제안받은 사실 자체가 얼떨떨했다. 한편으로 그런 제안을 받아서 기쁘기도 했다. 이 넘치는 나이에 젊은 직원들하고 잘 어울릴 수 있을까 하는 걱정이 없었다면 거짓말이다. 익숙한 곳에서 계속 일하느냐, 새로운 호텔에서 도어맨으로 일하느냐…… 선택은 쉽지 않았다.

오랜 고민 끝에 도어맨은 내가 제일 좋아하고 잘하는 일이기에 다시 한번 도전해보자는 생각으로 서울에 오자마자 이력서를 보냈다. 그리고 4차 면접까지 이어졌다. 면접관들이 다

나보다 어린 것은 당연했다. 외국인 임원들도 내 이력서를 보며 "우와, 와오……" 하고 계속 놀라기만 했다. 그 모습을 보고 있자니 드라마의 한 장면 같기도 했다. 콘래드호텔의 임원들이 가장 믿기 어려워했던 것은 춥고 더운 한국의 날씨에 도어 앞에서 어떻게 그리 오래 일할 수 있었냐는 점이었다. 그리고 도어맨으로 일을 계속할 수 있겠냐는 질문에는 체력에 대한 걱정이 가장 많이 담겨 있었다. 경력은 나를 빛나게 하지만 나이는 내가 극복해야 할 과제 같았다. 면접장에서 내 특기인 오래 서 있기 능력을 보여줄 수도 없는 노릇이니 그 부분은 걱정할 필요가 없다고 말할 수밖에. No Problem!

사실 젊은 시절에는 에어컨 나오는 시원한 사무실에 앉아서 일하는 친구들이 부러웠다. 나야말로 소위 말해서 '더울 때 덥고, 추울 때 추운 데서 일하는 직업' 아닌가. 그래도 내가 잘하는 일이고, 보람을 느끼는 일이니 묵묵히 버텨왔다. 그런데 중년이 넘으면서 가만히 보니 앉아서 일하던 친구들은 하나둘 허리 디스크로 고생하기 시작했다. 오히려 하루 만 보 이상 무조건 걷는 나는 허리에 대한 걱정은 없었다. 살도 찔 틈이 없었다. 일도 일이지만 쉬는 날마다 산에 오르는 취미 덕분이기도 했을 것이다. 지금은 친구들이 오히려 나를 부러워한다. 출근할 곳도 있고 건강해 보이니 말이다. 그래서 이런 말이 있나보다. 인생은 길게 보면 공평하다고.

어쩌다 멘토

호텔로는 두번째 직장이 된 콘래드 서울은 2012년 문을 열었다. 37층 건물에 스카이라운지와 레스토랑, 434개의 고급 객실 등이 있다. 내가 입사한 2013년은 오픈 초기여서 고객이 별로 많지 않았다. 바로 옆의 IFC몰도 오픈하기 전이어서 더 그랬다. 콘래드라는 이름도 잘 알려지지 않아서 택시가 이름이 비슷한 다른 호텔로 갔다가 다시 찾아오는 경우도 있었다. 도어와 컨시어지 파트의 매뉴얼이 부족해서 나도 참여해 직원들과 같이 만든 기억이 난다. 자주 오는 고객들의 자동차 번호와 고객의 성함, 나이, 직장, 특이사항 등을 정리해서 공유하고, 수시로 업데이트했다. 매뉴얼의 유무는 서비스 속도와 직결된다. 고객을 보고 곧바로 척척 차를 대기시키면 아무래도 서비스의 질이 달라지는 것이다. 벨맨과 도어맨의 자세나 인사하는 법, 불만을 제기하는 고객에게 대응하는 법 등도 차근차근 가르쳤다. 생각해보면 직원들에게 1대 1로 가르쳐줄 시간 여유가 있어 다행이었다. 직원들이 새로 들어올 때마다 계속 가르쳤다.

가끔은 이런 것까지 배워야 하나 싶은 표정을 보이는 직원들도 있고, 자동차 문 닫는 힘과 소리 등의 디테일한 것을 새롭게 배우면서 뭔가 깨닫는 듯한 직원들도 있었다(그렇다고 해서 모든 자동차의 문을 분석하고, 힘 조절을 체크한다거나 하지는 않는다!). 큰 호텔에서 일을 하면 업무가 세분화되어 있어 그만큼 자기 업무에 대해 깊이 있게 제대로 배울 수 있다. 동시에 호텔이라는 큰 시스템 안에서 여러 가지 일들이 동시다발적으로 이루어지고 있으므로 기본적인 매뉴얼을 익힌 다음에는 선배들한테 더 배울 것이 없는지 이것저것 묻고 어깨너머로도 배우다보면 본인의 실력도 그만큼 훌쩍 자라 있을 것이다.

나중에 들은 이야기지만 콘래드 서울은 오픈을 준비하면서 젊고 잠재력이 큰 직원들 위주로 채용했단다. 그렇다보니 멘토링을 해줄 만한 직원이 없어 고민했다고. 그렇게 나를 포함한 경력 많은 직원들 채용에 나섰고, 내가 어쩌다 아들보다 어린 직원들의 멘토가 되었다.

바이러스의 습격

2020년 봄은 정말 잔인했다. 한번 오픈하면 365일 문이 열려 있는 곳이 바로 호텔이다. 그런데 2020년 3월은 정부의 권고에 따라 호텔 내 피트니스 시설까지 문을 닫아야 했다. 코로나19 바이러스 때문이다.

그동안 일하면서 사스와 메르스 사태도 직접 겪었지만 그때는 일부 나라에 국한되었고, 몇 달 만에 진정세에 접어들어서 호텔 직원들이 근무할 때 마스크를 쓰지도 않았다. 그때까지만 해도 호텔 직원은 감기에 걸려도 마스크를 쓴다는 것은 상상도 할 수 없는 일이었다. 하지만 2020년은 달랐다. 1월 말부터였던 것으로 기억하는데, 호텔에서 직원들에게 마스크를 나눠주었다. 직원이니 고객이니, 호텔이니 서비스업이니 그런 것을 따질 것 없이 마스크를 쓰지 않으면 눈치가 보이는 분위기가 생겨났기 때문이다. 고객들 역시 호텔에 도착하면 마스크를 쓴 채로 차에서 내렸다.

여느 때 같으면 날이 풀리기 시작하는 3~5월에 각종 행사와 결혼식도 많아 호텔이 문전성시를 이루었을 것이다. 하지만 예약해둔 행사들이 대부분 취소되었다. 4월에는 결혼식을 진행하기도 했는데, 소독에 열을 올려야 했다. 3~5월은 직원들이 돌아가면서 휴직을 할 수밖에 없었다. 호텔 업계도 직원들도 국민들도 다 처음 겪는 일이고, 속수무책이었다. 호텔에서 일을 하면서 이번처럼 호텔이 한산한 것은 처음 겪었다. 무슨 말이 더 필요하겠는가.

연간 계약을 맺어 1년 내내 콘래드 서울을 이용하는 항공사 직원들이 있다. 워낙 자주 보다보니 내가 눈썹 문신을 했을 때는 짱구 같다며 농담까지 주고받던 직원들이다. 그런데 코로나19 바이러스 때문에 세계적으로 항공기 운항이 줄어들어 몇 달 동안 얼굴을 보지 못하다가 몇 달이 지나서야 기장과 승무원 등 소수의 인원만 다시 호텔을 찾고 있다.

엎친 데 덮친 격으로 어느 호텔에 확진자가 다녀갔다는 기사나 어느 호텔이 아예 몇 달간 문을 닫는다는 뉴스를 보면 남일 같지가 않다. 같은 업계에서 일하는 지인들과 수시로 SNS를 통해 확진자들의 동선이나 다른 호텔의 상황을 공유하며 촉각을 곤두세우기를 여러 달이다.
코로나19 바이러스가 심상치 않게 확산되기 시작했을 때 나는 부서에 내 뜻을 전달했다. 만약 호텔 인력 조정이 필요할 경우 제일 먼저 퇴사하겠다고 말이다. 지금 당장 일을 그만두어도 전혀 이상할 것이 없는 나이인데다 나의 업무 노하우도 후배들에게 다 전해주었으니 언제든지 물러날 마음이 있다. 아내도 나의 퇴사를 적극적으로 응원하고 있으니 때가 되면 언제든지 웃으면서 그만두려고 한다.
호텔이 어려움을 겪으니 직원들은 예전보다 더 똘똘 뭉쳐서 서로를 이해하고 격려하며 지내는 것 같다. 하루빨리 호텔이, 우리나라가, 세계가 활기를 되찾기를 간절하게 바랄 뿐이다.

시니어 호텔리어

2019년에 신문 인터뷰가 나간 이후로 종종 강의나 잡지와 사보 인터뷰 요청 등이 들어온다. 2020년 봄에는 업계에서 유명한 월간 〈HOTEL & RESTAURANT〉에서 인터뷰 요청이 들어왔다. 오래 봐온 잡지여서 반갑기도 하고 내가 매번 같은 얘기만 반복하는 것 같아서 조금 걱정이 되기도 했다. 이 잡지에서 내가 스타트를 끊은 'Senior HR issue'라는 코너명은 정말 마음에 들었다.

외국 호텔에 가면 나이 지긋한 직원들을 꽤 볼 수 있는데 우리나라는 그렇지가 않다. 만약 그랬다면 내가 지금처럼 이렇게 주목을 받지도 않았을 것이다. 시니어들의 내공, 시니어들의 노련함에 대해서 관심을 갖고 다뤄준다니 고마운 마음이 들었다. 규모에 따라 다르긴 하겠지만 호텔은 연봉이나 근무환경이 여타 업종에 비해 나쁘지 않고, 보기에 따라 안정된 직장이라고도 할 수 있다. 코로나19 바이러스 사태 같은 갑작스러운 이슈가 생기지 않는 이상 말이다. 열정 넘치는 젊은 친구들 못지않게 나이 많은 경력자들 또한 대우받는 문화가 생기면 얼마나 좋을까.

내공이나 서비스에 대한 질문에는 이렇게 답했다. 내공이라고 해서 특별한 것이 있을 리 없다, 40년 넘게 일해도 서비스는 결국 기본에 충실한 것이 최고 아니겠느냐, 고객에 대한 관심과 배려가 제일 중요하다고. 고객을 배려할 줄 아는 사람이 결국 같이 일하는 동료들과도 서로 존중하며 잘 지내지 않겠는가. 다른 사람에게 피해를 주지 않고 자기 일을 철저하게 할 수 있는 프로라면 더더욱…… 밀레니얼인지 시니어인지를 떠나서 말이다. 젊은 친구들과 나 같은 시니어들이 어울려 같이 일하는 직장이 더 늘어나면 좋겠다.

호텔에서 일하세요?

어느 호텔이에요? 어디에 있나요? 서울인가요? 지방인가요?
관광호텔인가요? 비즈니스호텔인가요? 5성급 호텔인가요?
객실은 몇 개쯤 있나요?
총지배인은 한국인인가요, 외국인인가요?
직원 수는 얼마나 돼요?
직원을 통하면 더 저렴하게 예약할 수 있나요?
요즘은 이렇게 나이 많은 사람(당신)이 근무할 수 있나봐요?
다른 호텔도 나이 많은 사람이 근무하는 곳이 있나요?

호텔에서 일한다고 말하면 특히 젊은 사람들의 질문이 쏟아진다. 차별적인 시선이 다분히 느껴진다. 보통 호텔 직원이라고 하면 젊고 수려한 외모의 직원들을 먼저 떠올리겠지만 나처럼 평범한, 아니 수수한 외모를 가진 사람들도 많다.
호텔에는 입구에서 만나는 도어맨 이외에도 컨시어지(프런트, 벨맨, 라운지 등), 발레파킹, 보안, 재무, 인사, PR, 영업, 마케팅, 예약, 주차 관리, 시설 관리(엔지니어링), 정원사 등 부서와 직무가 다양하다. 크게 사무직인 백오피스Back office, 고객과 직접 마주하는 프런트오피스Front office, 조리와 식음료를 담당하는 F&BFood & Beverage로 구분하기도 한다. 아무래도 호텔 관련 전공자들이 입사에 유리하겠지만 그렇다고 해서 꼭 전공자들만 입사하는 것도 아니다. 전공했다고 해서 호텔에 오래 근무하는 것은 더더욱 아니다. 호텔에서 일하고 싶다면, 호텔리어가 꿈이라면 꼭 한번 문을 두드려보길 바란다. 외국어 등 어느 정도의 노력은 필요하겠지만 누구나 할 수 있고, 적성에만 맞는다면 힘들어도 신나게 할 수 있는 일이다. 내가 다시 입사한다면 호텔의 엔지니어링 파트에서 일해도 적성에 잘 맞을 것 같다는 생각이 든다. 뭐든지 수리하고 보수하기 좋아하는 취미를 살릴 수 있으니 말이다.

아 참, 직원을 통한다고 해서 아주 저렴하게 예약할 수 있는 시스템은 아니다. 어느 재일교포 사업가는 팩스로 예약했는데, 나중에는 팩스 대신 선배에게 예약을 해달라고 했고, 선배 퇴직 후에는 내가 그 일을 이어받아 한두 해 전의 객실료로 예약한 적은 있다. 그것도 90년대의 일이다. 지금은 직원을 통한 개인 예약을 따로 받지 않는다. 물론 호텔에 따라 예외가 있을 수도 있겠지만.

3교대 근무의 추억

호텔에서는 프런트, 컨시어지(벨), 하우스키핑(청소), 엔지니어링(시설 관리) 등이 3교대로 근무한다. 흔히 시프트Shift 근무라고 부른다. 나도 조선호텔에서 벨맨으로 일할 때 10년 정도 야간 근무를 했다. 주간 근무를 하다가 두어 달에 한 번씩 야간 근무를 하는 방식이었다. 당시에는 서울에 호텔이 거의 없었고 영업이 너무나도 잘되던 시절이라 재미있기도 하면서 잠이 부족해서 힘들었던 기억이 난다. 야간 근무가 끝나고 집에 가면 방을 어둡게 해놓고 잠을 좀 자야 했는데 아이들이 어릴 때라 양껏 잘 수도 없었다.

야간 근무는 밤 10시부터 아침 7시까지, 두 명의 직원이 500개의 객실을 맡았다. 만실일 때는 새벽까지도 전화벨이 끊임없이 울렸다. 전력 수급 상황이 지금처럼 좋지 않았던 시대여서 호텔 자체적으로나 외부 요인 때문에 혹시 정전이라도 예정되어 있으면 3개 국어 버전의 안내문을 객실에 일일이 배포해야 했다. 호텔은 위급 상황이 아니고서는 방송을 하지 않기 때문에 종이 안내문을 돌려야 한다. 또, 룸서비스를 24시간 운영하다보니 밤에도 음식 주문이 들어오면 객실에 전달하고, 고객이 찾는 물건이 있으면 바로 제공했다.

요즘에는 스마트폰 충전기를 찾는 전화가 많이 들어오는데, 80년대에는 밤에 신문을 찾는 고객이 많았다. 날짜가 지난 신문도 웬만큼 보관해서 고객이 특정 날짜 신문을 원하면 바로 찾아서 전달하기도 했다. 지금은 슬리퍼가 객실마다 비치되어 있지만, 당시에는 고객이 요구할 경우 따로 전달했다. 새벽에 콘돔이나 술을 사다달라고 요구하는 고객들도 있었는데 조선호텔에서는 제공하지 않고, 외부에서 물건을 사와서 전달하는 것도 서비스 밖의 일이라서 거절하느라 애먹었던 기억이 난다. 왜 콘돔을 서비스하지 않느냐며 강하게 불만을 제기하는 고객들도 있었다.

술에 취해 억지스러운 요구를 하거나 욕설을 하는 고객들에게 시달리는 날은 유난히 밤이 길게만 느껴졌다. 차라리 신문을 돌리는 시간이 더 반가웠다. 고객이 투숙하는 객실마다 빠르게 신문을 넣고 나면 잠시 숨을 돌릴 시간이 있었기 때문이다. 70~80년대 조선호텔은 체크인을 할 때 어떤 신문을 원하는지 고객들이 직접 체크를 했다. 당시 외국인 고객의 비중이 높아서 영자신문인 〈코리아헤럴드〉나 〈월스트리트저널〉 등을 200~300부 정도 배포하고, 나머지는 우리나라 일간지를 객실마다 투입했다. 새벽 4시쯤 신문이 호텔에 도착하면 비닐에 한 부씩 넣은 뒤 2시간 정도 객실에 배포하고 한숨 돌린 후 퇴근했다. 지금 생각하면 야간 근무 때 신문 돌리기는 거의 새벽 운동과도 같았다.

야간 근무를 생각하면 아찔했던 기억이 하나 떠오른다. 여느 때처럼 새벽에 신문을 돌리고 있는데 한 고객이 옷을 입지 않은 채로 복도에 누워 있었다. 다행히 119를 부를 상황은 아니고 깊이 잠든 것으로 보여 급히 보안팀에 연락해 신원을 확인하고 객실로 옮겨드렸다. 그 시간에 내가 발견해서 천만다행이었다.

신문과 종이책

90년대까지만 해도 종이 신문 전성시대였다. 신문을 찾는 고객이 많으니 호텔마다 여유분을 더 챙겨두려고 노력까지 했다. 신문 외에 성경책과 불교 관련 책도 세계 유명 호텔 객실마다 비치되어 있다. 일본의 호텔에서는 한국어 성경책도 본 적이 있다. 1899년에 설립된 어느 성경 관련 협회에서 호텔에 성경책을 보급한 것이 시작이었다고 한다.

최근에 뉴스를 보니 이제 호텔에서 성경을 태블릿 PC로 볼 수 있게 제공하거나 아예 종교 관련 책을 비치하지 않는 곳이 늘어난다고 한다. 인테리어상 서랍장이 점점 없어지고 선반 형태의 가구가 늘어나서 더이상 책을 비치하기 어렵다고 하는데, 아무래도 예전보다 종이 매체를 찾는 사람이 줄어들어서 그렇지 않을까.

지금 콘래드 서울은 고객이 신문을 원할 경우 천 재질의 가방에 담아 문고리에 걸어둔다.

호텔의 언어들

호텔에서만 쓰는 언어들이 있다. '객실 키를 깎아서 올린다'는 말이 있는데, 70년대 조선호텔에서는 호텔 열쇠를 구리로 만들었다. 새로운 고객이 올 때마다 시설팀 '키맨'이 열쇠를 깎아서 제공했다. 신용카드가 없던 그 시절에는 호텔 열쇠가 신분을 보증해줘서 식당 밥을 외상으로 먹거나 택시를 공짜로 탈 수도 있었다. 80년대부터는 플라스틱으로 된 키를 썼는데도 여전히 키를 깎아서 올린다는 표현이 남아 있다.

호텔에 체크인이나 예약을 할 때 고객들은 신용카드나 체크카드를 등록한다. 가승인Deposit 단계인데, 실제로 청구되는 결제가 아니라 고객 확인 겸 노쇼No Show나 룸서비스 이용 등 만일을 대비해 예약한 객실 요금보다 많은 금액을 미리 책정해두는 것이다. 해외 호텔에서는 특히 카드 소유자와 투숙 고객의 이름이 다를 경우 확인 절차가 까다롭기 때문에 가능하면 본인의 카드로 가승인을 해두는 것이 좋다. 신용카드가 보편화되기 전에는 체크인 때 현금을 미리 받아두고는 했는데, 그럼에도 불구하고 객실 요금을 내지 않고 가버리는 고객도 종종 있었다. 고객이 이메일을 확인하지 않고 전화도 받지 않으면 더이상 요금을 받아낼 방법이 없었다. 지금은 상상하기 어려운 일이다. 오히려 가승인 시스템 때문에 해외 호텔의 경우 취소와 결제, 환불 문제로 혼선을 빚는 사람들이 더 많은 것 같다.

호텔에 짐을 맡기면 배기지 택Baggage Tag을 받는다. 물건을 찾을 때 꼭 필요하다. 샴푸, 린스 등 무료로 제공되는 소모품인 어메니티Amenity는 가져가도 된다. 호텔마다 어메니티의 디자인과 브랜드가 제각각이어서 비교하는 재미도 있을 것이다. 객실에 있는 생수, 커피, 차 등은 무료로 제공되는 것을 컴플리멘터리Complementary라고 하고, 그 외의 음료나 주류는 유료다. 호텔에 간 날이 생일이라면 체크인할 때 적는 것이 좋다. 서비스가 좋은 호텔이라면 고객이 직접 알려주지 않아도 생일을 맞은 고객에게 소정의 선물을 제공하기도 한다.

객실 뷰 이외에 에어컨이 약하다거나 객관적인 어떤 이유로 객실이 마음에 들지 않을 경우 고객은 방을 바꾸는 룸무브

Chosun Beach Hotel
BUSAN
KYONGJU CHOSUN HOTEL
Chosun HOTEL SEOUL

Room Move를 요구할 수 있다. 취침 전에 턴다운Turn Down 서비스를 요구하면 잠자리를 한번 더 체크해준다. 엑스트라 베드Extra Bed를 요청하면 간이침대를 주는 곳도 있다. 방해를 받지 않고 쉬고 싶을 때는 DNDDo Not Disturb 버튼을 누르거나 팻말을 문고리에 걸어두면 된다. 주변 맛집이나 교통 정보, 예약 등이 필요하면 컨시어지Concierge 서비스를 이용하고, 짐이 많을 때 배기지 다운Baggage Down 서비스를 요청하면 짐을 로비까지 옮겨다준다. 호텔 직원들은 'Baggage'와 같은 뜻의 'luggage'를 더 많이 쓴다. 고객의 짐을 객실에서 내리는 것을 럭다운Luggage Down, 짐을 객실로 올리는 것을 럭업Luggage Up이라고 줄여서 즐겨 쓴다. 고객의 입퇴실 예정 날짜를 뜻하는 듀아웃Due Out은 호텔 직원들만 공유하는 정보다.

이런 용어에 신경쓸 것 없이 호텔에서 필요한 것이 있다면 언제든 직원에게 차분하게 상황을 이야기하면 방법을 찾아줄 것이다. 황당하거나 과한 요구가 아니라면 말이다. 결국 호텔은 고객이 최대한 기분 좋게 머물도록 애쓰는 곳이니까.

80년대 서울

일을 하는 동안 제일 경비가 삼엄했던 날이 언제였던가 생각해보니 1980년대 미국의 조지 슐츠 국무장관이 조선호텔에 묵었던 때가 아니었을까 싶다. 당시 몇 개 층은 일반인 출입을 아예 금지했고, 전 직원이 비표를 착용하고, 일부 직원만이 해당 층에 갈 수 있었다. 층마다 장관측 경비원과 우리나라 정보요원, 경찰이 배치되었다.

당시 우리나라는 민주화 시대로 나아가려는 격동의 시기였고, 연일 시위가 이어지는 일촉즉발의 시대였다. 시위하던 대학생들이 가끔 화장실을 이용하려고 호텔을 찾아왔을 때 경찰들 몰래 들여보내주곤 했는데, 1987년 6·10 민주항쟁 때는 그러지 못했다. 최루탄을 피해 조선호텔 쪽으로 피신한 사람들이 많았고, 그중에는 이민우 신민당 전 총재도 있었다. 눈물 콧물 범벅이 된 채로 로비 밖에 서 있었는데 경찰들이 이미 호텔을 봉쇄해 손을 쓸 수가 없었다. 투숙객들 또한 독한 최루탄 가스에 외출할 엄두를 내지 못하고 호텔에 갇혀 있어야 했다. 가슴 아픈 기억들이다.

80년대까지도 조선호텔에는 경찰들이 상주하고 있었다. 워낙 고관들의 출입이 잦아서 그랬는지 자세한 이유는 알 수 없지만 지금 생각하면 정말 말도 안 되는 일이다.

호텔리어가 되면

아침부터 호텔 입구가 북적거린다면 그날은 아이돌 가수의 쇼케이스나 유명인이 참석하는 행사가 있는 날이다. 어떻게들 정보를 알았는지 카메라를 든 팬들이 여기저기에 잠복해 있다. 팬들이 허탕치고 가는 날도 있고, 유명인이 호텔을 나갈 때 한두 명에게 사인을 해주는 경우도 있다. 그 짧은 순간을 위해 몇 시간이고 기다리는 팬들을 보면 정말 대단하다는 생각이 든다.

특급 호텔의 호텔리어가 되면 연예인을 비롯한 유명인들을 종종 가까이에서 볼 수 있다. 물론 근무중에 같이 사진을 찍거나 사인을 받는 등의 행동은 할 수 없지만 TV에서 보던 사람들이 내 눈앞을 걸어서 지나가는 경험은 언제 해도 신기할 따름이다. 고인이 된 배우 김자옥씨는 조선호텔 피트니스 클럽 회원이었는데 TV에서 보이는 이미지처럼 직원들한테도 항상 다정하게 인사해주고, 자주 대화도 나눈 기억이 난다.

행사 참석차 유명인이 호텔을 방문할 때 일부 직원은 미리 정보를 듣지만 그 사실을 외부에 퍼뜨려서는 안 된다. 유명인이 호텔에 도착한 후 경호원, 행사 관계자들과 함께 조용히 입장할 수 있도록 살필 뿐이다. 개인적으로는 손흥민 선수를 직접 봤을 때 좋았다. 다른 외국 가수나 아이돌 그룹은 안타깝게도 내가 잘 알지 못해서 머쓱할 때가 있다.

호텔에서 드라마 등의 촬영도 종종 하는데, 연예인들은 호텔 로비가 아닌 다른 출입구로 다녀서 직원들도 마주치지 못할 때가 있다. 오바마 미국 전 대통령이 웨스틴조선호텔에 묵었을 때도 그랬다.

국빈용 1808호

1박에 1500만 원이 넘는 객실이 있다. 바로 웨스틴조선호텔 18층에 있는 국빈용 프레지덴셜 스위트룸Presidential Suite Room이다. 1970년 호텔 재개관 당시 박정희 대통령 내외를 비롯해 제럴드 포드, 로널드 레이건, 지미 카터 미국 전 대통령들과 빌 게이츠도 묵었다. 2층 규모의 높은 천장에 객실 6개 정도를 합한 크기의 으리으리한 방이다. 70년대에는 특히 사우디의 왕자들이 그 방을 좋아했다. 호텔 직원들에게 100달러씩 팁을 주기로 유명했던 그 고객들이다. 평소에는 비어 있을 때가 많아서 그 방에서 드라마 촬영도 가끔 했다.

국빈 이외에도 1808호를 예약하는 고객이 있으면 경우 VVIP 고객이니 직원들이 특별히 더 신경을 쓴 기억이 난다. 요즘은 호텔의 문턱을 낮추는 의미로 1808호 패키지 상품도 판매한다. 콘래드를 비롯해 다른 호텔에도 이런 스위트룸이 있으니, 가끔은 특별한 객실에서 소중한 사람들과 추억을 만들어봐도 좋겠다.

별별 이야기 1

특급 호텔에서 호텔 일을 시작한 것은 정말 행운이었다. 우리나라는 1971년에 관광호텔 등급제도를 처음 도입했다. 내가 일한 웨스틴조선호텔은 1987년 특1등급 제1호로 지정되어 28년 동안 그 타이틀을 유지했다. 객실 요금이 비싼 만큼 서비스와 시설이 우수해 특히 외국인 고객들의 만족도가 높았다. 직원 대부분이 영어를 잘해서 더 그랬던 듯하다. 우리나라 호텔 입구에는 놋쇠 무궁화 표지판이 붙어 있었는데 특1등급은 무궁화가 다섯 개였다.

그러다가 2015년 문화체육관광부는 호텔 등급 분류 체계를 국제적인 기준에 맞게 변경했다. 우리나라에서는 특1급 호텔이 제일 좋은 호텔이지만 외국은 숫자가 높을수록 좋은 등급이기 때문에 혼란스럽기도 했던 것이다. 표시 문양이 무궁화에서 별로 바뀌었고, 기존에는 관광 관련 협회들이 평가했지만 2015년부터는 한국관광공사가 평가했다.

6성급 호텔, 더 나아가 7성급 호텔이라는 표현들이 언론에 가끔 등장하는데, 공식적으로는 6성급이나 7성급 호텔은 없다.

그만큼 시설이 럭셔리하거나 서비스가 뛰어나다는 것을 표현하는 마케팅 수단으로, 두바이의 '버즈 알 아랍 호텔'이 7성급으로 불린다. 호텔 업계에서는 우리나라에도 5성급 이상의 가치를 가진 호텔이 서울에 몇 군데 있다고 생각하지만 공식적으로는 5성급이 최고 등급이기 때문에 암묵적으로만 인정한다. 높은 등급을 받아야 객실 요금 또한 높게 책정할 수 있기에 호텔들은 최대한 등급을 잘 받기 위해 노력한다.

고객의 입장에서 볼 때 별의 개수 차이는 시설과 서비스, 레스토랑의 개수 차이다. 예를 들어 4성급 호텔은 12시간 이상 룸서비스가 가능하며, 5성급 호텔은 24시간 룸서비스가 가능하다. 5성급 호텔에는 고급 메뉴와 최상의 서비스를 제공하는 레스토랑도 3개 이상 있다. 가성비 좋은 호텔을 찾으려면 조금이라도 더 높은 등급 중에서 가격이 낮은 곳을 찾거나, 3성급 호텔 중에 연회장이나 레스토랑 같은 부대시설은 적지만 객실 컨디션이 좋은 곳을 선택하면 만족도가 높을 것이다.

호텔 등급은 나라마다 기준이 달라서 단순하게 비교하기는 어렵지만, 한 가지 분명한 것은 객실 요금과 호텔 등급(서비스와 시설, 음식)은 비례한다는 점이다. 나도 상대적으로 물가가 저렴한 나라에서는 높은 등급의 호텔로 가서 최대한 부대 서비스를 알차게 이용하려고 한다.

별별 이야기 2

호텔판 미쉐린 가이드로 불리는 〈포브스 트래블 가이드〉가 있다. 지금 내가 일하는 콘래드 서울이 '2020년 추천 호텔'에 선정되었다.

〈포브스 트래블 가이드〉는 1958년 창간된 럭셔리 여행 평가 전문지로, 공신력 있는 매체로 손꼽힌다. 해마다 고급 호텔과 레스토랑 등을 평가해 5성급 호텔, 4성급 호텔, 추천 호텔을 발표한다. 객실이 많다고 무조건 등급이 높은 것도 아니고, 호텔 브랜드 가치가 높다고 해서 무조건 인정받는 것도 아니다. 평가 항목이 무려 900개라고 알려져 있으며, 평가단은 신분을 숨기고 세계의 호텔들을 무작위로 방문해 호텔의 모든 부문을 평가한다. 호텔에 전화해 예약하는 절차부터 도착, 체크인, 컨시어지 서비스, 차량 서비스, 스파, 호텔 내부의 식음료 업장들, 체크아웃 그리고 마지막으로 호텔을 떠나는 순간까지 정말 모든 것을 평가한다. 직원들도 언제 어디에서 누가 나의 직장을 어떻게 평가할지 모르기 때문에 긴장감을 갖고 매뉴얼을 한 번이라도 더 외우려고 노력한다. 등급을 발표하는 것과 동시에 해당 호텔에 평가서를 전달하는데, 평가단을 응대한 직원들의 이름에서부터 모든 것이 세세하게 담겨 있다.
직원 입장에서는 호텔의 시설과 서비스 등을 글로벌하고 객관적인 잣대로 들여다보는 기회이며, 호텔을 한 단계 더 발전시키는 기회로 삼을 수 있을 것이다. 고객 입장에서도 역시 호텔을 믿고 선택하는 지표로 삼을 수 있다.

피드백에 울고 웃고

호텔을 이용하고 나면 고객들은 만족도 조사 이메일을 받는다. 이 호텔을 지인들에게 추천할 의향이 있는지, 친절한 직원이 있었는지, 호텔에 전달하고 싶은 말이 있는지 등의 항목이 있다. 특정 직원을 칭찬하는 땡큐 레터Thank you letter가 들어오면 직원들도 다 공유한다.

지금처럼 인터넷이 발달해 호텔 예약 앱이 생겨나기 전에는 고객들의 이용 후기가 고객들과 소통하는 유일한 방법이었다. 70~80년대까지만 해도 고객들이 직접 평가 엽서에 써주고는 했다. 감사하게도 고객들이 친절 사원으로 종종 나를 지목해 주어서 상도 받았던 기억이 난다. 요즘에는 이메일로 고객들의 피드백을 체크하고, 더불어 여러 검색 사이트나 SNS 또는 호텔 예약 앱에 고객들이 남긴 댓글로 만족도를 파악한다.

고객들의 피드백은 호텔에 꼭 필요하다. 고객의 의견은 해당 부서까지 실제로 다 공유하고, 잘못된 점이 있다면 바로 고친다. 예를 들어 뷔페에서 어떤 메뉴의 맛에 대한 피드백이 접수되면 직원들이 시식을 하면서 그 메뉴에 대해 한번 더 고민하는 시간을 갖기도 한다. 어떤 코너에 메뉴가 부족하다는 지적에는 곧바로 메뉴를 더 추가한 적도 있다. 무리한 요구가 아니라 일리 있는 의견이라면 즉각 반영한다. 고객이 일부러 시간을 내서 의견을 주었고, 그 고객과 같은 생각을 한 고객들이 여러 명 더 있을지도 모르는 일 아닌가.

반면 과한 요구를 했다가 받아들여지지 않았을 때 좋지 않은 후기를 남기는 고객도 있다. 요즘에는 단순한 이용 후기를 호텔에 전달하지 않고 SNS에 남기는 경우도 많다. 호텔 같은 서비스 업종은 사실 SNS가 매우 두렵다. 예전 같으면 전화나 대화로 충분히 해결이 가능한 문제들도 SNS에 까만 글자로 남겨지는 순간 더 파급력이 큰 컴플레인이 되어버린다. 다른 소비자들의 의사 결정에 도움이 되는 정보나 의견 제공 수준은 얼마든지 공유해도 좋지만 호텔이나 직원들의 명예를 훼손하는 정도의 비방이나 업무 방해는 바람직하지 않다.

고객들이 직원의 말투나 표정을 보고 기분이 좋아지거나 상할 수 있듯이, 서비스업 종사자들도 고객의 별점 하나에 울고 웃는다. 백이면 백 모두를 만족시킬 수는 없겠지만 최대한 고객의 만족도를 높이려고 호텔 직원들이 24시간 애쓰고 있다.

택배와 보관에 대하여

외국에서 DHL이나 FEDEX 등으로 보낸 서류들이 도착하면 고객의 예약이 잡혀 있는 경우 호텔에서 보관을 해둔다. 하지만 아직 예약이 완료되지 않은 고객 앞으로 물건이 오면 물건을 받아두어야 하는지 판단하기 어려운 경우가 종종 있다. 고객이 미리 전화를 준다면 걱정할 것 없지만 그렇지 않은 경우가 더 많기 때문이다. 물론 단골 고객이라면 당연히 보관을 해두지만 1년에 한두 번 올까 말까한 고객 앞으로 서류 같은 것이 도착하면 난감하다. 호텔의 DB에 저장된 고객의 연락처가 바뀌어버린 경우 더 문제다. 요즘은 일단 물건을 받은 뒤 고객에게 연락해 물건을 받아둘지, 예약 날짜가 언제인지 확인한 후 보관한다.

고객이 객실에 놓고 간 물건은 대개 고객들이 먼저 호텔로 연락을 하지만 고가의 물품일 경우 호텔에서 먼저 연락하기도 한다. 고객들이 맡겼거나 잊고 간 물건, 고객 앞으로 도착한 택배는 3개월 동안 보관하는 것이 원칙이다. 서류 같은 것은 고객에게 따로 전화를 하거나 3개월 이상 보관한다. 보관 기관이 지나 폐기를 했을 경우, 호텔에서는 규칙에 따른 것이지만 계약 등과 관련된 중요한 서류라면 문제가 커질 수 있기 때문이다. 예전에 호텔 직원이 택배를 받고 나서 예약자 명단에 고객의 이름이 없어 그 물건을 해외로 반송시킨 적이 있다. 2개월 후 고객이 호텔에 와서 물건을 찾을 때는 이미 반송된 후였다. 그 물건이 꼭 필요했던 고객은 불같이 화를 냈고, 직원들은 거듭 사과를 할 수밖에 없었다. 모두 소통이 제대로 이루어지지 않아서 벌어진 일이었다.

체크아웃 후 객실 정리 중에 발견한 고객의 물건들 또한 3개월 동안 보관한다. 뒤늦게라도 고객이 호텔로 연락을 해서 보내달라고 요구하면 해외까지도 발송한다. 하지만 3개월 이상 연락이 없다면 안타깝지만 물건은 폐기한다. 호텔이 고객의 물건을 그 이상 보관할 의무는 없으며, 물건을 보관해둘 공간도 한계가 있어서 더 그렇다. 또 하나의 문제는 어떤 물건까지 보관을 해둬야 하는지 판단하기 애매할 때가 있다는 것이다. 보통 우산이나 휴대폰 충전기, 액세서리 등 조그만 물건까지 다 보관하지만 가끔 예상치 못한 일이 벌어진다. 몇 년 전의 일이다. 외국인 고객으로부터 연락이 왔다. 묵었던 객실에 중요한 내용을 쓴 메모지가 있었는데 혹시 보관하고 있는지 버렸는지 확인하는 전화였다. 이미 객실 청소가 끝난 후였고, 메모지는 버렸다고 했다. 책이나 노트가 아니라 낱장의 종이였기에 직원이 큰 고민 하지 않고 버린 것이다. 호텔의 쓰레기장까지 뒤져서 메모지를 찾으려고 노력했지만 결국 찾지 못했다. 그 일 이후로는 객실을 청소할 때 메모지 등 알쏭달쏭한 것까지도 다 보관해두는 것으로 바뀌었다.

가끔 물건을 보관해달라고 요청하는 고객들도 있다. 3개월 안에 꼭 찾아가시라고 말은 하지만 귀담아듣지 않는 고객도 있는 것 같다. 고객과 연락이 닿지 않아 이러지도 저러지도 못하는 물건들이 꽤 있다. 특히 고가의 물품일 경우 3개월이 지나더라도 규정처럼 폐기하지는 못한다. 한번은 3개월 이상 보관하던 물건을 폐기했다가 몇 달 후 고객이 찾으러 왔을 때 물건이 없어 보상을 한 적도 있다. 보관 기한 3개월이라는 규정은 규정일 뿐 언제나 고객의 승리다. 누구에게나 그런 면이 있기는 하다. 본인에게 유리할 때는 규정대로 적용하기를 바라고, 본인에게 불리할 때는 규정을 넘어서는 융통성을 바란다. 시간이 지나면 이런 고객 '해석' 중심의 문화도 달라질까?

노동조합 이야기

이 세상에서 저절로 만들어지는 것은 자연밖에 없는 것 같다. 나머지는 모두 만든 사람이 있고, 만든 의도가 있고, 그 사이에 갈등도 있다. 그럼에도 불구하고 여러 사람의 뜻으로 무언가를 또 만들어나간다. 노동조합이라는 것도 그렇다. 나는 노동조합, 즉 노조가 무엇인지도 모르는 채로 사회생활을 시작했다. 요즘 젊은 직원들은 노동법에 대해 잘 알고 있는 편이어서 가끔 놀랄 때가 있다. 법을 알고 자기의 의무와 권리를 제대로 아는 것은 매우 중요하다. 사실 그것이 회사생활의 전부 아니겠는가.

1977년 임시직으로 조선호텔에 입사했을 때, 거기에는 이미 노동조합이 결성되어 있었다. 대리 직급 이하는 입사와 동시에 자동 가입이었다. 조선호텔 노동조합은 스케일도 커서 현재 풍납동 위치에 사원 아파트를 짓기도 했다. 나도 분양을 받으려고 돈을 냈다가 예상보다 준공 기간이 너무 길어지는 바람에 돈을 되돌려 받았다. 회사와는 별개로 노동조합이 추진한 일이었다. 벌써 사원 아파트 재건축 얘기가 나올 정도로 아주 오래된 이야기다.
직원들은 매월 급여에서 얼마씩 노조 회비를 냈고, 가끔 비리 문제 때문에 시끌시끌한 적도 있었지만 직원들 입장에서는 노동조합이 있어 여러 면에서 좋기도 했다. 받아들여질지 여부는 차치하고라도 일단 직원들의 건의 사항을 구체적으로 전달할 창구가 있다는 점에서 노동조합은 존재 자체로도 의미가 있고, 상징성을 가진다. 물론 노동조합이 제 역할에 충실할 때 더욱 존재가 빛나겠지만 말이다.
아주 오래전에 노사 간에 임금 협상이 결렬되어 직원들이 로비에 누워서 시위를 했고, 모두 남대문 경찰서에 연행된 적도 있다. 나는 근무중이어서 마음으로 동료들을 응원하면서 묵묵히 지켜봐야만 했다. 서울의 다른 특급 호텔이 파업으로 한동안 정상 영업을 하지 못할 때 내가 일하는 호텔로 고객들이 몰린 일도 있다. 기업들이 한창 경영합리화를 내세워 업무를 도급으로 넘길 때는 외주화를 반대하는 시위도 한동안 이어졌다. 안타깝게도 외주화라는 무시무시한 큰 흐름을 바꿀 수는 없었다.
살면서 반장이나 회장 같은 감투를 써본 일이 거의 없던 내가 회사에서 노조 대의원을 거쳐 노동조합 부위원장과 선거관리 위원장은 한번 해봤다. 내 성격에 자진한 것은 물론 아니고, 추천을 받아서 도전해봤다. 상근 부위원장은 아니어서 일은 그대로 하면서 직함만 얻었다. 부위원장일 때 임금 협상 테이블에도 앉아보고, TV에서 보는 것처럼 언성을 높이면서 서로의 주장을 내세우는 모습도 직접 봤다. 나는 나서서 소리치지는 못하는 성격이어서 총대를 멘 노조위원장에게 무한 신뢰와 지지를 보낼 따름이었다.
그동안 사실 내 할 일에만 충실할 뿐 노동법에 대해서도 잘 모르고 지내다가, 부위원장을 하면서 한국노총에서 주최하는 노동법에 대한 교육도 처음 들어봤다. 살면서 노동조합이나 한국노총 그런 단어는 나와 거리가 멀다고만 생각했는데 그게 아니었다. 노동법은 일하는 사람들 모두에게 친밀하고 가까운 법이어야 한다.

부위원장을 하면서 내가 강하게 주장했던 것은 다른 무엇보다도 활동비 지출 줄이기였다. 노조 간부들이 회의나 회식을 할 때 직원들이 낸 회비를 활동비로 사용했는데, 최대한 지출을 줄여서 모으고 2차나 3차를 갈 때는 참석자들이 각자 비용을 내는 문화를 만들자고 했다. 내가 그만둔 뒤로는 어떻게 변했는지 모르겠지만 직원들이 한푼 두푼 모은 회비를 쓰자니 마음이 썩 편하지만은 않아서 그랬다. 지금도 그 생각에는 변함이 없다.

선거관리위원장을 맡았을 당시에는 노조위원장 후보가 세 명이었는데, 선거 포스터를 붙이는 위치부터 아주 경쟁이 치열해서 후보들 사이에 싸움이 났다. 서로 조금이라도 더 직원들 눈에 잘 띄는 곳에 포스터를 붙이려고 안간힘을 썼는데, 문제는 내가 봐도 한 후보에게 불리해 보인다는 점이었다. 아무리 규모가 작은 선거라도 최대한 공정하게, 서로 불만이 없는 위치로 결정해야 마땅했다. 내가 선거관리위원장의 권한으로 위치를 정해주었더니 다행히도 불만이 쏙 들어갔다. 선거가 끝나고 노조위원장의 임기가 끝나도 계속 같이 일할 직원들이기 때문에 내가 더더욱 중간에서 객관적인 역할을 잘해내야 했다. 작은 조직도 이러한데 큰 조직들은, 정치인들은 얼마나 신경쓸 것이 많을까.

호랑이 담배 피우던 시절

예전에는 호텔 모든 객실에 재떨이가 구비되어 있었다. 물론 흡연이 가능했다. 그렇기에 늘 화재 위험이 도사리고 있었는데, 어느 날 밤 실제로 객실 카펫에 불이 붙어 직원이 총출동한 적이 있다. 고객들이 대피할 정도로 불이 번지지는 않아서 천만다행이었다.

80년대 이후로는 점차 흡연 객실을 줄여나가 한 층에 한두 개만 남겼다가 지금은 웨스틴조선호텔도, 콘래드 서울도 건물 자체가 금연 빌딩이 되어서 100% 금연 객실이고, 흡연 구역은 따로 만들어두었다. 호텔마다 흡연룸 운영 방침이 다르니 확인해보면 좋다. 어떤 호텔은 화장실이나 발코니에서 몰래 피우는 고객도 있다는데 특급 호텔에서는 큰일날 소리다.

간혹 4~5성급 호텔이어도 방에서 담배 냄새가 나는 경우가 있다. 흡연자들은 한 대 몰래 피우면 어떨까 하고 가볍게 생각하겠지만 냄새가 소파 등 가구에 배면 아무리 환기를 시켜도 비흡연자들은 알아챈다. 고객이 처음 들어간 방에 담배 냄새가 난다면 룸체인지를 요구할 수 있다.

1층을 지켜라!

도어맨과 마찬가지로 보안팀도 호텔을 지키고 고객들을 보호하는 역할을 한다. 호텔 대부분이 유동 인구가 많은 곳에 위치하다보니 꼭 투숙객이 아니어도 오고가는 사람이 많다.
입구에서 고객들을 일일이 체크하지 못할 때가 있는데, 특히 레스토랑이 있는 층의 화장실은 평소에도 직원들이 잘 지켜봐야 하는 공간이다. 한때 레스토랑 화장실에 향수를 비치해두었는데 계속 없어지는 일이 있었다. 화장실에 CCTV를 설치할 수도 없어서 보안팀을 비롯해 직원들이 수시로 화장실을 순찰하듯 들여다봐야 했다. 안타까운 일이지만 시청 주변에는 노숙자도 많다. 호텔 1층 주변을 배회하는, 평범하지 않아 보이는 사람들이 가끔 호텔 화장실에 들어올 때면 특히 예의주시해야 했다.
호텔 1층에 근무하는 직원들은 미어캣처럼 언제나 주변을 살피기 바쁘다. 관찰력 좋고 상황 파악 빠른 사람들이 잘해낼 수 있는 업무다.

컨시어지 서비스 전성시대

요즘 TV나 라디오에서 심심찮게 컨시어지Concierge 서비스라는 단어를 듣는다. 공유 오피스나 새로 지은 주거단지에서 컨시어지 서비스를 제공한다는 광고도 여기저기 보인다. 호텔의 전유물이었던 것이 이제 백화점, 골프장을 넘어 우리의 생활 속으로 전파되고 있는 것이다.

호텔에서 말하는 컨시어지 서비스란 프런트, 벨맨, 라운지 등에서 고객의 요구를 처리해주는 서비스를 통칭한다. 여행 관련 정보 제공에서부터 교통편 예약이나 주변 맛집 소개, 수화물 보관 및 전달 등 다양한 영역에 걸쳐 투숙객들에게 편의를 제공한다.

4성급 이상 호텔에서는 컨시어지 서비스를 필수적으로 제공해야 하며, 특급 호텔에서는 황금 배지를 단 컨시어지 서비스 달인도 만날 수 있다. 조선호텔에 입사했을 때 반짝이는 황금 배지를 달고서 품격 있는 서비스를 제공하던 이명구 지배인의 모습을 지금도 잊을 수가 없다. 얼마나 멋져 보이던지…… 콘래드 서울에도 레끌레도어 배지를 단 직원이 있다. 보기에도 벌써 여유만만 베테랑의 기운이 느껴지는 분이다.

황금 배지는 세계컨시어지협회라는 곳에서 준다. 여행자들이 수준 높은 서비스를 받을 수 있도록 앞장서는 곳인데, 엄격한 심사를 거쳐 베테랑 컨시어지 전문가들에게 레끌레도어 배지(일명 황금 배지)를 준다. 고객들의 모든 문제를 해결해준다는 의미로 열쇠 모양이다. 가끔 억지스럽거나 난감한 요구를 하는 고객도 있지만 윤리적으로 문제되지 않는 선에서 다 도와준다. 부산 웨스틴조선호텔에서 일했던 컨시어지 지배인은 부산에 있는 아파트를 사고 싶어하는 홍콩 갑부 고객과 함께 집을 보러 다니기까지 했다고 한다.

호텔 고객은 누구나 컨시어지 서비스를 이용할 수 있지만 서비스 범위는 고객마다 다를 수 있다. 호텔에서 예를 들면 2~3년 생활하며 가족보다 더 자주 얼굴을 보는 고객과 처음 호텔을 방문한 고객에게 제공하는 서비스는 아무래도 조금 차이가 있을 수밖에 없다. 콘래드 서울의 장기 투숙 고객 중에 코로나19 바이러스 때문에 몇 달간 가족을 만나러 가지 못한 고객이 있다. 조금이라도 위로하는 마음으로 컨시어지 부서 직원들이 조촐하게나마 이벤트를 준비해 고객을 위로해드렸는데 무척 감동받으신 듯했다.

누군가에게 호텔은 여행지에서 편안하게 잠자는 곳이고, 누군가에게는 평생 잊지 못할 추억이 있는 곳이고, 누군가에게는 제2의 집이며, 누군가에게는 따뜻한 감동이 있는 공간이다. 그 중심에 컨시어지 서비스가 있다.

Part 3

일을 한다는 것

첫 강의

콘래드 서울은 직원을 충원할 때마다 10명에서 30명 정도 뽑는다. 2019년 가을에 신입 사원들을 대상으로 교육을 해달라는 요청을 받았다. 뭐든 요청이 들어오면 일단 하겠다고 저지른 뒤에 생각하는 편이어서 하겠다고는 말했는데 너무 떨렸다. 사람들과 매일 마주치는 일을 하지만 사람들 앞에 서서 혼자 말하는 것은 다르니까 말이다. 우선 교육 담당 직원이 준 매뉴얼을 외우고 또 외웠다. 인사나 말은 몸에 밴 채로 상황에 따라 튀어나오는 건데 그걸 다른 사람한테 가르쳐주려니 그것도 참 낯설었다.

전에 일하던 호텔은 신세계에서 운영을 맡은 뒤부터 사내 교육 프로그램 내용이 무척 알찼다. 합숙 교육을 받으러 갈 때마다 디테일한 내용이 적힌 교육 자료를 나눠주고 강사진도 훌륭했다. 그만큼 교육 시간에도 허투루 가르치는 법이 없었고, 교육생들이 교육 내용을 몸에 익힐 때까지 인사하는 법이며 말하는 법, 자세 등을 연습하게 했다. 그때 받았던 교육 자료들은 아직도 가지고 있다. 차마 못 버리겠다. 그 자료들이 내가 걸어온 길이고, 내 삶이라고 해도 과언이 아니다.
떨리는 마음으로 강의실에 들어갔다. 신입 사원들이 특유의 반짝이는 눈빛으로 나를 바라보고 있었다. 대부분 90년대 출생이니 내 아들딸보다도 훨씬 어렸다. 긴장한 상태로 무슨 말을 했는지도 모르게 시간이 훅 흘러갔다. 끝나고 질문을 받아보았다. 한 친구는 옛날에 컴퓨터도 없이 어떻게 일을 했느냐고 물었다. 종이 서류를 들고 20층까지 오르내렸던 페이지보이 시절의 이야기를 들려주니 다들 "와……" 하며 입을 다물지 못했다.
결혼은 언제 했느냐는 질문과 오랫동안 쉬지 않고 일할 수 있었던 비결이 무엇이냐는 질문도 받았다. 글쎄…… 그만두고 싶은 위기마다 가족들이 반대해서 버티다보니 지금까지 왔다고 얘기했는데, 그 누구보다도 자신의 선택을 최우선으로 생각하는 요즘 젊은 친구들이 내 이야기에 얼마나 공감했을지는 모르겠다. 나 역시 뒤돌아보면 그만둘 위기가 여러 번 있었지만 그게 또 죽을 만큼 호텔 일이 싫었던 건 아니었나보다. 하기 싫거나 지겹다는 생각도 할 틈 없이 달려왔으니, 알게 모르게 이 일이 내 천직이라고 여겼던 게 아닐까 싶다.

마지막으로 두 가지를 강조하며 강의를 마쳤다. 가능하면 지각하지 말라는 것, 그리고 힘든 일을 외면하지 말고 도전하라는 것. 신입 사원들은 내 강의를 어떻게 기억할까. 금방 돌아서서 잊어버리는 친구들도 있을 것이고, 오래 호텔에서 일하면서 조금이나마 내 이야기를 기억해주는 친구들도 있을 것이다. 내가 교육장에서 인사하는 법을 연습하던 30~40년 전 그날을 여전히 생생하게 기억하는 것처럼……

30분의 힘

2019년 한 일간지에 나의 인터뷰 기사가 크게 실렸다. 이어 TV와 몇 가지 잡지 인터뷰도 진행했다. 신문 기사에서는 나를 '전설의 수문장'이라고 칭했는데, 부끄러우면서도 40년 넘는 직장 생활을 깔끔하게 정리해주어서 아주 고맙기도 했다.

여러 매체에 기사가 나가고 난 뒤 사람들이 놀라는 부분은 다양했다. 먼저 요즘에 40년 넘게 직장생활을 하고 있다는 것에 많이들 놀라는 듯했다. 또 하나는 직장생활 하면서 지각 한 번, 조퇴 한 번 하지 않았다고 말하면 사람들의 눈이 더 커지면서 '설마…… 진짜 한 번도?' 하는 눈빛을 한다. 특히 나이가 어린 친구들일수록 더 그런 반응이다. 재미있다. 나도 의식하지는 못했지만, 지나고 보니 호텔에 첫 출근한 1977년부터 정말 지각을 한 번도 안 했다. 비결이 뭘까? 처음으로 진지하게 생각해본다.

항상 출근 시간 30분 전에 도착하려고 노력했다. 그러면 버스가 고장나도, 눈이 와서 거북이 운행을 해도, 심지어 자가용이 막히면 버스로 갈아타고서라도 제시간에 도착할 수 있다.

오전 6시 30분에 일과를 시작하는 날은 일찍 일어나 든든하게 아침을 먹고 집을 나선다. 다음날 새벽에 출근해야 하기 때문에 전날에는 약속을 거의 잡지 않고, 모임에 나가더라도 더 놀고 싶은 마음을 참고 집에 왔다. 출근할 회사가 있고 내일이 있어 행복한데, 그 정도는 참을 수 있어야 하지 않겠나 생각하고 살아왔던 것 같다.

아침 출근 시간은 특히 중요하다. 아침조가 모두 모여 그날 예정된 행사 내용을 공유한다. 의전이 필요한 주요 고객은 사진까지 사전에 공유해서 얼굴을 익히고, 행사장의 위치나 행사 관련 내용도 미리 외워 빠르고 정확하게 고객에게 안내할 준비를 마쳐야 한다. 그래서 더더욱 출근 시간을 지키는 것이 중요하다. 사실 출근뿐만이 아니다. 어딘가에 가려면 집에서 언제 출발해야 하는지 계산하고, 1시간 걸릴 거리면 2시간 전에 출발한다. 혹시라도 돌발 상황이 생기면 안 된다는 마음 때문이다.

고객들도 늘 시간과의 전쟁이다. 여행을 와서 느긋하게 즐기는 것까지는 좋지만 비행기는 우리를 기다려주지 않는다. 고객이 공항 가는 버스를 놓치는 바람에 시청 앞 광장까지 뛰어가서 버스를 잡아드린 기억이 난다. 또 공항 셔틀버스를 놓치면 급하게 렌터카를 섭외하기도 한다. 조금만 서둘러 준비하면 시간을 맞출 수 있다.

출근 시간이든 다른 사람과의 약속이든 말 그대로 미리 정해 둔 거니 지키려고 노력했다. 그 하루하루가 쌓여 어느새 44년이 되었다.

끝없는 영어 공부

Happy birthday korean sister, wish you a great day……
Stay safe and be healthy with you family.
한번 외워보려고 종이에 적어봤는데 손은 손대로 움직이고, 글자들은 입안을 굴러다닐 뿐 머릿속에 잘 들어오지 않는다. 영어가 쉬웠던 적은 한 번도 없다. 자동차 번호를 외울 때처럼 반복할 뿐이다. 아마 아이들이 공부하는 것처럼 받아쓰기를 한다면 점수가 형편없게 나올지도 모른다. 스펠링을 정확하게 알지는 못해도 대화는 가능해서 얼마나 다행인지……
신문에도 영어 코너가 있어서 내용이 좋은 문장은 아침마다 노트에 옮겨 적어본다. 입사 이후 계속 노트에 쓰면서 영어를 익혀왔다. 특히 숙어 같은 것은 외울 수밖에 없다. 보고 또 본다. 요즘에도 외국인인 총지배인과 대화한 후에는 내가 맞게 말을 했는지 복기하면서 다시 한번 문장을 써보기도 한다. 알쏭달쏭할 때는 영어를 잘하는 직원들에게 물어본다. 우리말이 계속 변하고 있듯 영어도 내가 배울 때와는 표현들이 또 달라졌다. 요즘 스타일의 표현이 있어서 확실히 젊은 직원들이 알

Let me ↓ Allow me
Toilet ↓ Restroom
You are welcome ↓ My pleasure
Thanks ↓ Thank you very much
Can I ↓ May I
Bye ↓ Please enjoy stay with us.

려주는 영어가 더 정확하고, 쏙쏙 와닿는다.

제일 기본이면서도 입에 잘 붙지 않는 표현들은 종이에 써서 붙여놓고 틈나는 대로 본다. 호텔에서는 일상 회화보다는 조금 더 공손한 표현들을 쓰기 때문에 'Can I'보다는 'May I'를, 'Let me'보다는 'Allow me' 등으로 적어놓는다. 또, "You are welcome"보다는 "My pleasure"라고 말하면 좋다. 화장실도 'Toilet'이 아닌 'Restroom'으로, "Thanks"가 아니라 "Thank you very much", 끝인사는 "Bye"가 아니라 "Please enjoy stay with us"라고 하면 좋다.

참는다는 것

언제부턴가 '인내심'이나 '버틴다'는 말이 쿨하지 못한 것이 된 것 같아서 안타깝다. 인내심은 마치 구시대의 상징이 되어버린 듯하다. 인내심이 크다는 것은 미련하다는 말일까? 인내심이 약한 사람은 다르게 보자면 판단력이 빠른 것일까?

40년 넘게 호텔에서 일을 하면서 실습생이나 파트타임 직원들을 지켜보며 인내심이나 책임감, 성실함에 대해 다시 한번 생각하곤 했다. 최소한의 책임감이나 인내심이란 무얼까, 어느 정도까지를 기대해야 하는 걸까, 아니 기대치를 낮춰야 하는 걸까 등에 대해서 말이다. 예를 들어, 실습 나온 대학생들 중에 반나절을 근무하다가 밥을 먹고 연락 두절된 직원도 봤고, 파트타임 직원 중에 1시간 일한 후 집에 가버린 직원도 보았다. 주변의 얘기를 들어보면 나만 겪어본 일은 아닌 것 같다(예전에는 2~3일은 하다가 안 나왔는데, 요즘은 직원들의 판단이 점점 더 빨라지고 있다). 물론 대학생일 때 호텔로 실습을 나와 성실하게 일하고 지금은 동료로서 함께 일하는 직원들도 있다.

호텔은 이직률이 높은 편이다. 업무 강도가 높고 적응 과정 동안 버티기가 쉽지 않기 때문이다. 외부에서 볼 때는 화려함에 끌리지만 실제로 근무해보면 실망하는 사람도 많다. 다른 업종에 비해 신입 사원들의 임금도 높은 편이 아니어서 더 그런 것 같다. 사무직보다도 고객과 접점이 많은 파트의 직원들이 특히 평균 근무 기간이 짧다. 주말에 일해야 한다는 점도 이직 이유 중에 하나로 보인다(주말 근무는 나도 늘 아쉬운 부분이다. 어느 정도 적응되었지만 말이다). 임원들까지도 돌아가면서 한 명 이상씩은 주말에 나오니 호텔리어를 꿈꾸는 이들은 주말 근무를 각오할 수밖에 없다. 대신 평일에 쉬면 산이든 어딜 가도 여유로워서 좋은 점도 있다.

유학파를 비롯해 국내 관광 관련 전공자, 비전공자, 특성화고 졸업생 등 다양한 친구들이 호텔리어를 꿈꾸며 부푼 마음을 안고 입사한다. 하지만 수십 가지 이유로 또 퇴사한다. 월급을 조금 더 준다거나 하루 더 쉴 수 있는 회사로 간다. 얼마든지 옮길 수는 있다. 그런데 다른 직업으로 바꾸는 것이 아니라 또 다른 호텔에 취업할 것이라면 한 직장에서 몇 년 일해보는 것도 좋다고 생각한다. 한곳에서 몇 년(나같이 몇십 년 말고 '몇 년') 일을 하면 분명 얻는 것 또한 늘어난다. 이자로 비교하자면 일하는 만큼 눈에 보이지 않는 이익 또한 복리로 불어난다. 좋은 평판을 쌓고, 선배들의 업무 노하우를 최대한 배워 내 것으로 만들어 한 단계 더 발전시켜나가면 어떨까. 당장의 월급보다도 더 많은 것을 얻어서 또 다른 기회를 붙잡을 수도 있을 것이다. 물론 기회는 생각보다 조금 일찍 찾아올 수도, 늦게 찾아올 수도 있다. 아무도 모른다. 단, 업무가 적성에 맞지 않아 도저히 못 하겠다면 하루빨리 다른 직업을 찾아보는 게 좋겠다.

호텔에서 오래 일한 사람으로서 호텔 업계가 점점 더 일하기 좋은 직장이 되기를 바라는 마음이 간절하다. 실제로 생활 수준이 높아질수록 관광 업계의 전망도 더 밝다고 확신한다. 직원들이 자부심과 소속감을 갖고 일할 수 있다면 얼마나 좋을까. 업계가 함께 노력해야 할 것이다. 선배로서 그런 역할을 제대로 하지 못했다는 것이 미안하고 안타깝다. 그래서 지금이

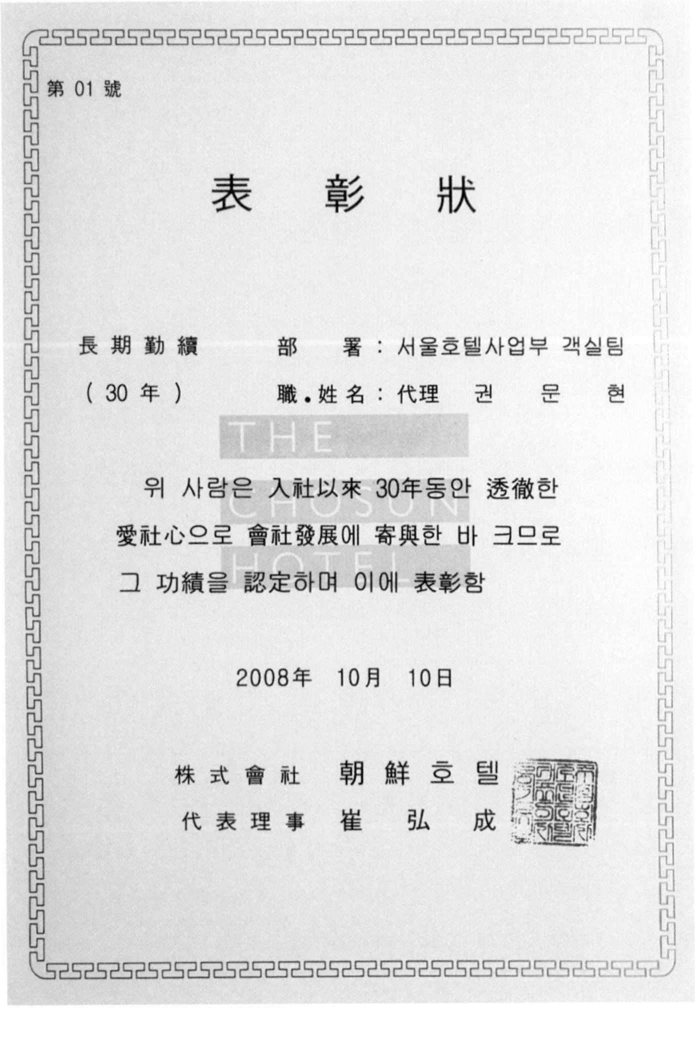

第 01 號

表 彰 狀

長期勤續　　部　署：서울호텔사업부 객실팀

(30 年)　　職•姓名：代理 권 문 현

위 사람은 入社以來 30年동안 透徹한 愛社心으로 會社發展에 寄與한 바 크므로 그 功績을 認定하며 이에 表彰함

2008年 10月 10日

株式會社 朝鮮호텔

代表理事 崔 弘 成

라도 최대한 후배들에게 업무 노하우를 공유하며 조금이라도 도움을 주려고 노력하고 있다. 내 노력이 후배들에게는 또 다른 업무나 잔소리로 비춰질지도 모르겠지만.

해병대 훈련 그리고 MBA

직원 교육이나 워크숍, 자기계발 등의 프로그램은 회사 생활의 윤활유다. 웨스틴조선호텔에서 좋았던 점은 사내 교육 프로그램이 매우 수준 높고 다양하다는 점이었다. 나는 신세계 연수원이 그렇게 좋았다. 가끔은 팔당댐에 가서 수상 스포츠를 배우는 등 외부 교육도 있었는데, 그중에서도 2007년에 갔던 1박 2일 해병대 극기 훈련이 가장 기억에 남는다. 대표이사와 대리급 이상 직원들이 함께 가서 PT 체조와 구보는 물론 보트를 메고 산악 훈련까지 하는 등 땀 흘리며 힘든 일정을 소화했다. 훈련 당시에는 너무 힘들어서 쓰러질 지경이었지만 지나고 보니 다 추억이다.

외부 교육 중에 또 기억에 남는 것은 MBA 과정을 이수한 것이다. 사실 가방끈 짧은 내가 서강대학교 MBA 과정을 수료한 것은 그 자체가 도전이었다. 특히 회계 수업은 정말 난도 최상이었다. 당시에 수업을 하셨던 교수님들이 가끔 호텔에 오시면 지금도 반갑게 인사를 드린다.

좋은 회사일수록 직원들의 교육에 공을 들인다는 것, 원성이 자자해서 그랬는지 몰라도 한 번으로 끝난 해병대 훈련은 정말 강렬했다는 것, MBA 공부 같은 것은 다 때가 있다는 것…… 오늘의 생각이다.

호텔에 잘 맞는 사람

어떤 사람에게 호텔리어가 어울릴까? 요즘 호텔리어를 꿈꾸는 사람이 많다는데 왜 하나같이 이럴 줄 몰랐다고 하며 금방 그만둘까? 호텔에 적응하기 좋은 성격이 따로 있을까? 글쎄다. 꼰대 같은 대답일지 모르지만 호텔에서 일하고 싶은 마음이 얼마나 간절한지, 의지에 달려 있지 않을까?

그럼에도 불구하고 어떤 성격이 호텔리어에게 잘 맞을지 생각해보니 첫째, 관찰력이 필요하다. 고객에게 어떤 도움이 필요할지 빠르게 '스캔'해서 세심하게 도와주려면 관찰력이 필수다. 둘째, 고객을 가족처럼 생각하고, 봉사하려는 마음이 있다면 훌륭한 호텔리어가 될 것이다. 호텔 관련 학과를 전공했다면 더욱 좋겠지만 아니라도 배울 의지만 있으면 가능하다. 셋째, 고객을 존중할 줄 안다면 이미 그 사람은 서비스업에 최적화된 인재다. 사람을 좋아하고, 긍정적인 마인드를 가졌다면 호텔이 아닌 어디를 가도 잘 적응할 것이다. 가끔씩 겪게 되는 고객의 강한 질책에도, 끈질긴 영업 과정에도 스스로 포기하지만 않는다면 한 계단씩 올라갈 수 있을 것이다.

말과 행동

아들딸보다도 어린 동료들과 같이 일하면서 조심하는 것이 몇 가지 있다. 그중 하나는 말이고 다른 하나는 행동이다. 세상이 정말 변했다. 우리는 희롱이 난무하는 세상을 지나온 것이 사실이다. 나이를 훈장처럼 달고서 다른 사람들에게 함부로 말하는 이도 많았다. 이제 시대가 변했고, 나 같은 세대도 그것을 받아들여야 한다.

나도 말을 조심하려고 노력하는데, 제일 좋은 방법은 말수를 줄이는 거다. 필요한 말만 하면 된다. 생각 없이 흘러넘치는 말이 없게 해야 한다. 회식 같은 술자리에서는 특별히 더 조심해야 한다. 나도 콘래드 서울에 입사한 후로는 회식 때 보통 1차만 참석하고 집으로 간다. 요즘 말로 '낄낄빠빠'라고 하던데, 볼링 같은 것을 칠 때는 가봤지만 노래방 같은 곳은 도저히 같이 즐길 만한 거리가 1%도 없어서 가지 않는다. 그게 서로 편하다.

다음은 행동. 내 일을 철저하게 하면 된다. 내가 손해를 보면 봤지 다른 사람에게 피해 주는 것을 끔찍하게 싫어하는 성격이다보니 내 일을 완벽하게 끝내고 동료들을 도와주려고 노력하는 편이다. 나이는 벼슬이 아니다. 그리고 내 행동을 강요하지 않는다. 조금 일찍 출근하고, 점심시간에도 일찍 사무실에 복귀하는 것은 내 오랜 습관일 뿐이다. 동료들에게 강요할 수 없다. 물론 입사 초기에는 내 행동 자체가 동료들에게 부담을 주기도 했을 것이다. 이제는 각자의 스타일을 존중하고, 인정하며 일한다.

동안이시네요

종종 동안이라는 소리를 듣는다. 아마도 옷이 날개라고, 깔끔한 유니폼을 입고 일하니 더 그렇게 보이는 것 같다. 나이가 숫자에 불과하다고는 하지만 사실 얼굴이며 피부에 나이가 고스란히 드러날 수밖에 없다. 나무는 나이테를 꽁꽁 숨기고 사는데 사람은 왜 이렇게 주름과 잡티가 하나둘 늘어나는 게 적나라한지…… 특히 나는 사계절을 야외에서 일하다보니 자외선에 노출되어 나이 들면서 피부가 더 까무잡잡해졌다. 콘래드 서울에 입사한 후에는 딸이 일하는 곳에 가서 피부 관리를 받고, 눈썹도 문신을 했다. 초반에는 짱구 눈썹이 되어 계속 신경쓰였는데 시간이 지나니 좀 자연스러워졌다.

도어맨은 호텔의 얼굴과 다름없으니 나이 많은 내가 다른 사람들 눈에 어떻게 비칠지 신경이 좀 쓰이는 게 사실이다. 남자들도 이제 자연스럽게 화장을 하는 시대다. 화장까지는 아니어도 조금 젊어 보이고 싶기는 하다.

좌절금지

내가 이런 일을 하려고 대학 나오고, 유학까지 다녀왔나…… 입사 초기에 이런 생각을 하며 힘들어하는 신입 사원들을 가끔 본다. 호텔뿐만이 아닐 것이다. 원하던 기업에 입사하거나 공무원이 되어도 처음부터 중요한 일을 맡기는 힘들다. 사무실에서는 복사부터, 요식업계에서는 청소부터 시작할 수도 있다. 그럴 때는 멀리 내다보고 일을 하라고, 당장 힘들지만 원하던 직장에 들어왔으니 계단을 밟고 올라가듯 천천히 앞으로 나아가라고 조언해준다.

호텔이 겉으로는 화려해 보이지만 막상 신입 사원이 들어와서 할 수 있는 일은 많지 않다. 그동안 쌓은 스펙이 아깝다는 생각이 들 만큼 일들이 단순하거나 하찮아 보일 수도 있다. 신입 사원들은 호텔이라는 공간을 파악하고, 일을 익히며 차근차근 멀리 보고 일해야 한다. 순간순간 일희일비하며 좌절하면 본인만 힘들다. 넓고 길게 볼 필요가 있다. 벨맨으로 일을 하면서도 기회가 되면 호텔 안에 있는 영업, 홍보, 인사 등 다양한 업무도 기웃거려보고 자기에게 맞는 일을 찾아가야 한다.

당장 친구와 비교할 때 연봉이 조금 낮다고 해도 5년, 10년 일하다보면 연봉도 더 오를 거라고 말해준다. 내 말이 얼마나 먹힐지는 모르겠다. 3개월, 6개월 일하고 그만두려는 친구들을 보면 안타깝기도 하다. 완전히 다른 일을 하려는 것이 아니라 계속 호텔에서 일을 하고 싶다면 한곳에서 최소한 몇 년 일해 보는 것도 좋다고 말하고 싶다.

요즘 셰프를 꿈꾸는 친구들도 많다. TV를 보다가 가끔 아는 얼굴들을 본다. 웨스틴조선호텔에서 일하던 일식, 중식, 양식 조리사들은 이제 20~30년 경력을 인정받아 대학의 호텔조리학과 교수가 되었거나 여전히 셰프이거나 혹은 관광 업계에서 CEO의 길을 걸으며 명성을 얻어 TV 프로그램에까지 출연하고 있다. 나와 함께 직원 교육을 받은 동료도 있고, 나보다 10~15년 뒤에 입사한 후배들도 있다. 이런 말을 하면 꼰대 소리를 들을지도 모르겠지만, 지금 화려한 조명을 받는 분들의 신입 시절을 나는 다 지켜봤다. 그들에게도 하루종일 양파만 까던 시절이 있었다. 밤늦게까지 넓은 주방을 청소하며 선배들의 어깨 너머를 힐끗거리고 칼자루를 직접 잡는 날만 손꼽아 기다렸을 것이다. 다부지게 일하며, 맡은 일을 끝까지 해내던 모습들이 아직 생생하다.

직종에 따라 번뜩이는 아이디어로 주목받아 신입 사원임에도 불구하고 승승장구할 수 있는 업무 영역이 있는가 하면, 묵묵히 한길을 수십 년 걸어가며 노력할 때 비로소 빛을 발하는 직종도 있다. 어떤 길을 가더라도 너무 빨리 좌절하지는 말자. 인생 길다.

둥근 돌이 멀리 굴러갈지도

정년퇴직 날짜가 점점 다가올 즈음, 만감이 교차하는 기분이라는 것이 이런 걸까 싶었다. 시원섭섭하다는 말도 흔히 쓰는데 특별히 힘들다는 생각을 하지 않아서 그런지 시원한 기분은 아니었고, 남들보다 더 오래, 정해진 나이까지 일을 했으니 그렇게 섭섭할 것도 없었다. 다만 아직 얼마든지 더 달릴 수 있을 것 같은 마라토너에게 시간이 다 됐으니 그만 뛰라고 하는 상황 같다고나 할까. 그런 점이 아쉬울 따름이었다.

그러던 중에 조선호텔의 인적서비스를 담당하는 회사로부터 입사 제안을 받았다. 대부분의 기업들이 그래왔듯 호텔도 직접 채용을 하다가 점차 여러 부분에서 아웃소싱을 했는데, 내 역할은 조선호텔에서 일하는 직원들을 챙기고, 호텔과 커뮤니케이션을 담당하는 일이었다. 퇴직 후에 딱히 할 일이 있는 것도 아니고, 내가 일하던 영역에서 그대로 일할 수 있다는 점이 매력적이었다. 알고 지내던 사람들과 계속 얼굴을 보며 일하는 자리여서 흔쾌히 그러겠다고 했다. 이제 와서 생각해보면 내가 특별히 일을 잘해서라기보다 사이가 아주 좋은 사람도,

아주 나쁜 사람도 없이 두루두루 무난하게 지냈기 때문에 그런 제안을 받았던 것 같다.
나도 사람인지라 화가 날 때는 꼭 해야 할 말을 하지만 그 정도가 아니라면 웬만한 일들은 좋게 넘어가고 이해하려고 노력한다. 모난 돌이 정 맞는다는 말은 맞기도 하고 틀리기도 하다. 다만 둥근 돌이 조금 더 멀리 굴러가는 건 맞는 것 같다.
그렇게 정년퇴직 후 5일만 쉬고 호텔 문 앞이 아닌 조선호텔 안에 있는 협력사의 사무실로 출근했다. 일을 계속할 수 있어 좋으면서도 한편으로 그제야 조선호텔을 그만둔 것이 실감났다. 새로운 도전이었다.

별세상 SNS

조선호텔에서 일할 때 직원들은 거의 의무적으로 페이스북에 가입했다. CEO의 메시지를 SNS로 공유하고, 수많은 계열사의 소식도 SNS로 접했다. 의무적으로 시작한 SNS였지만 지금은 잘 활용하고 있다. 재계 회장님들을 비롯해 호텔 단골 고객들과 페이스북, 카카오톡 친구이기도 하다. 직업상 전화를 받지 못할 때도 많은데 페이스북이나 카카오톡으로 소통하니 좋다.

인스타그램은 2019년에 시작했다. 회사에 젊은 친구들이 즐겨하기에 나도 시작해봤다. 물어보니 아들은 인스타그램을 안 한다고 했다. 앱을 설치하고 간단한 방법을 물어본 다음에 혼자서 이것저것 눌러가며 인스타의 세계에 빠졌다. 예전에 같이 일한 직원들, 지금 회사 동료들, 세계 여러 나라 사람들을 인스타에서 만나니 말 그대로 별세상이었다.

능숙하게 다루지는 못해도 지인들이 어떤 것을 좋아하는지, 어떤 활동을 하는지 알 수 있어서 SNS로 소통하는 맛이 있다. 사생활을 크게 노출하지 않는 선에서 사람들과 소통한다

TALK

면 좋은 점도 분명 많은 것 같다. SNS를 하면 나도 한껏 젊어지는 기분이 든다.

선배가 되고 보니

처음 일한 호텔에서 10년 넘게 막내로 일하면서 나름 혹독한 시절을 겪었다. 신세계가 운영하기 전까지 조선호텔의 도어맨과 벨맨은 직급도 따로 없이 입사한 순서에 따라 선후배가 있을 뿐이었다. 선배들과는 다섯 살에서부터 열 살 이상 나이 차이가 났는데, 당시에는 그 숫자가 정말 크게 느껴졌다. 실제로 혼도 엄청 났다. 어느 조직에나 군기 잡기가 당연하던 시대였다. 잠시 계단참에 앉았다가 자리로 돌아갔을 때 선배가 "너 왜 바로 안 내려오고 5층에서 앉아 있었어?"라고 물으면 그야말로 소름이 돋을 정도였다. 내 일거수일투족을 선배들은 다 알고 있었다!

지금은 다행히 그런 분위기가 약해지는 중이고, 응당 모두 없어져야 할 문화다. 내가 선배가 되면서부터는 최대한 권위 같은 것은 없애려고 무던히 애썼다. 신입 시절의 나에게 대여섯 살 많은 선배들은 존재만으로도 '무서운' 이름이었는데, 지금 나는 30~40살 정도 차이 나는 후배들과 같이 일하고 있다. 신입 사원들한테 나는 어떻게 느껴질지 상상조차 못하겠다.

신입 사원들의 부모보다도 내가 더 나이가 많으니 말 다했다. 명절에만 가끔 보는 큰아버지 정도의 느낌일까?

회식을 가면 나는 보통 1차만 참석하고 일어난다. 다음날 얘기 들어보면 새벽까지 술을 마시기도 하던데, 나이가 비슷한 직원들끼리 아무래도 할 얘기가 더 많지 않겠나 싶다. '낄낄빠빠'라는 신조어처럼, 낄 때는 끼고 빠질 때는 잘 빠지는, 무섭지 않은 선배로 기억에 남고 싶다.

태권도

중학교 때로 기억한다. 합천에도 태권도 도장이 생겼다. 중학교 3학년 때 우연한 기회에 태권도를 배우기 시작했고, 고등학교를 졸업할 때까지 배웠다. 태권도 3단이다. 초등학교 시절에 육상 대회에 나갈 정도로 달리기를 잘했고, 다람쥐를 잡아서 친구들한테 나눠주기도 했으니 나름대로 운동신경이 좋았던 것 같다.

태권도를 배워둔 것이 호텔에서 일하면서 여러모로 도움이 되었다. 실력을 발휘할 기회는 없었지만(천만다행이다) 불량배나 거동이 수상한 사람이 나타나면 보안팀과 같이 어김없이 출동했다. 그럴 때면 운동 하나쯤 익혀놓기 잘했다 싶었다.

단골 고객 중에 모 항공사 직원이 있었는데, 어느 날은 회사를 옮겨서 보안요원으로 일해볼 생각은 없느냐고 스카우트 제의를 하기도 했다. 말씀은 감사했지만 호텔에서 만족하면서 일하고 있었기에 가지는 않았다.

고비와 이직

IT쪽 일을 하는 아들이 다음주에 회사를 옮긴다고 했다. 나도 모르게 "또?"라는 말이 튀어나올 뻔했다. 세상이 변했고, 어떤 업종에서는 이직을 많이 할수록 연봉이 오르고, 능력을 인정받기도 한단다. 그걸 알면서도 나도 어쩔 수 없는 옛날 사람이라 본능적으로 이직에 대해 거부반응이 먼저 나온다. 나라고 왜 일을 그만두고 싶었을 때가 없었을까. 입사 5년 무렵이었나, 반복되는 일상에 지쳤는지 매너리즘에 빠진 시기가 있었다. 회사에서도 감원 분위기가 있어 그만두고 싶은 마음이 간절했다. 하지만 어머니와 아내가 간곡히 만류해 마음을 고쳐먹고 계속 일한 것이 오늘까지 이어졌다.

지금은 시대가 변했지만 최근까지만 해도 특히 어른들에게는 '평생직장'이라는 개념이 강했다. 특히 어머니는 다른 직장으로 가도 힘든 점은 있을 테니 한 직장에서 끝을 보라며, 그만둔다는 말 자체를 꺼내지 못하게 하셨다. 당시에는 그런 어머니가 원망스럽기도 했지만 어떻게든 그 직장에서 더 인정받기 위해 노력하다보니 첫 호텔에서 정년퇴직까지 하게 되었다.

요즘에도 그 시절의 나처럼 그만두려고 고민하는 후배들을 많이 본다. 일이 정말 적성에 맞지 않는 경우를 제외하고는 내 어머니가 그랬듯 나도 후배들을 붙잡는다. 술이라도 한잔하면서. 여기에서 힘들다고, 열 받는다고 그만두면 다른 곳에서도 또 비슷한 일을 겪을 텐데 그럴 때마다 그만둘 수 없지 않겠느냐고 말이다. 이 고비를 넘기면 또 지낼만할 것이라고……

또는 업무가 맞지 않을 경우 호텔 안에서 다른 업무를 해볼 수 있게 추천해준 경우도 있다. 그 친구들은 수년이 지난 지금까지도 나한테 고맙다며 생일 때마다 연락을 해온다. 나를 아버지라고 부르는 후배들도 있다.

이제 정년퇴직이라는 단어를 보기 어려운 세상이 왔다. 하지만 그만둘 때 그만두더라도 고비를 몇 번이라도 넘겨본 후에 그만두면 그만큼 자기가 더 단단해진 것을 스스로도 느낄 수 있을 것이다.

이직을 하는 아들에게 새 회사에 가서도 잘하라고, 등을 두드려주었다. 그랬었다……

책을 닫으며

어쩌다 40년 넘게 일했고
어쩌다 아직도 출근하고 있다.
어쩌다 호텔에 들어와
이렇게 맞이하고 배웅하며
고객들 틈에서
오늘도 정신없이 하루를 보낸다.

처음 책을 내보자는 제안을 받았을 때,
나 같은 사람이 무슨 책을 내냐는 생각과
이참에 지나온 날들을 한번
정리해보고 싶다는 생각이
동시에 들었던 것 같다.

책을 내보기로 결심하고 이야기를 모으는 동안
꽤 시간이 흘렀다.
그리고 그 사이에 많은 변화가 있었다.

몇 번의 인터뷰를 더 했고,
바이러스가 온 세계를 덮쳤으며,
TV 프로그램에 또 출연할 기회가 생겼고,
그리고
그리고

.
.
.
.
.
.

지금 이 순간에도 어딘가에서
묵묵히 자기 일을 해나가는 모든 분들,
마음 한 구석 굳은살 안고 살아가는 서비스업 종사자들에게,

자기만의 서비스 철학을 만들어나가는 주니어들에게
당신은 가치 있는 일을 하고 있다고,
응원한다는 말을 전하고 싶다.

오래전에 떠나신 우리 어머니,
최근에 떠나보낸 우리 아들
사랑합니다. 보고 싶습니다.

전설의 수문장

1쇄 인쇄 2021년 2월 9일
1쇄 발행 2021년 2월 19일

지은이 권문현 | 펴낸이 신정민

기획 김도윤 | 정리·편집 주순진 이원주 신정민 이희연 | 디자인 이현정 | 일러스트 강방글
마케팅 정민호 김경환 | 홍보 김희숙 김상만 이소정 이미희 함유지 김현지 박지원
저작권 한문숙 김지영 이영은 | 제작 강신은 김동욱 임현식 | 제작처 한영문화사

펴낸곳 (주)교유당
출판등록 2019년 5월 24일 제406-2019-000052호

주소 10881 경기도 파주시 회동길 210
문의전화 031) 955-8891(마케팅) 031) 955-3583(편집)
팩스 031) 955-8855
전자우편 gyoyudang@munhak.com

ISBN 979-11-91278-18-7 03810

*싱긋은 (주)교유당의 교양 브랜드입니다.